Bajazet · Phèdre

바자제 · 페드르

문학의 세계

Bajazet · Phèdre

바자제 · 페드르

장 라신

심민화 옮김

책세상

일러두기

1. 이 책은 라신Jean Racine의 《바자제*Bajazet*》와 《페드르*Phèdre*》를 완역한 것으로, 1999년에 출간된 bibliothèque de la Pléiade판을 텍스트로 사용했다.
2. 주석은 모두 옮긴이가 붙인 것이다.
3. 본문 옆의 숫자는 원문의 행 번호다.
4. 이들 작품의 배경은 프랑스가 아니지만 작중에 등장하는 인물명이나 지명은 라신이 쓴 프랑스식 명칭을 그대로 따라 표기했다.
5. 12음절의 시행으로 되어 있는 본문의 특성을 살려 되도록 시행을 맞추고, 어순 등을 고려하여 직역에 가깝게 번역했다.
6. 신, 하늘 등에 대한 탄원은 발화자가 경칭을 쓰는가 비칭을 쓰는가에 따라 그에 맞추어 번역했다.
7. 맞춤법과 외래어 표기는 1989년 3월 1일부터 시행된 〈한글 맞춤법 규정〉과 《문교부 편수 자료》, 《표준국어대사전》(국립국어연구원, 1999)을 따랐다.

차례

Bajazet

바자제

서문(1672)

비록 출판된 어떤 역사책에도 아직 등장한 바 없지만, 이 비극의 소재는 매우 진실하다. 이것은 지금부터 삼십 년이 넘지 않는 과거에 터키의 궁전에서 실제로 일어난 사건인 것이다. 세지 백작은 그때 콘스탄티노플에 계셨다.[1] 그분은 바자제의 죽음에 관계된 자세한 사실을 모두 알게 되었다. 그리고 궁정에는 그분이 돌아와서 그 이야기를 해주던 것을 기억하는 인사들이 많다. 기사 낭투에[2]도 그런 분들 중의 한 사람이다. 내가 이 이야기를 알게 되고, 그것으로 비극을 만들 생각까지 품게 된 것은 바로 그분의 덕택이다. 나는 이 이야기를 비극으로 만들기 위해 몇 가지 상황을 바꾸지 않으면 안 되었다. 그러나 그리 대수로운 변경은 아니므로 독자에게 일일이 밝힐 필요는 없다고 생각한다. 내가 심혈을 기울인 가장 중요한 점은, 그 나라의 풍속과 관습을 조금도 바꾸지 않는 것이었다. 그래서 나는 터키인들의 역사나 영어에서 번역된 《오토만 제국 신견문록》[3]과 맞지 않는 것은 아무것도 제시하지 않으려고 조심했다. 특히 드 라 에 씨[4]의 견해는 내게 큰 도움이 되었는데, 그분은 친절하게도 내가 제기한 모든 난점을 명쾌하게 밝혀주셨다.

두 번째 서문(1676)

술탄 아뮈라, 또는 술탄 모라라 불리며 1638년에 바빌론을 점령한 터키의 황제에게는 네 명의 형제가 있었다. 맏이 오스만은 아뮈라 바로 앞의 황제로 삼 년 정도 다스린 뒤에 근위보병들[5]에게 정권과 목숨을 빼앗겼다. 둘째는 오르캉인데, 아뮈라는 정권을 잡자마자 그를 교살했다. 셋째가 기대를 한 몸에 받았던 왕자 바자제인데, 그가 바로 이 비극의 주인공이다. 아뮈라는 정략적 이유에서였는지, 아니면 우애 때문이었는지, 바빌론 공략[6] 때까지 그를 살려두었다. 이 도시를 점령하고 승리자가 된 황제는 그를 죽이라는 명령을 콘스탄티노플로 보냈다. 이 일은 내가 제시한 방식과 거의 같은 과정으로 실행되었다. 아뮈라에게는 아우가 하나 더 있었는데, 나중에 이브라임 술탄이 된 분으로, 아뮈라는 그를 전혀 근심거리가 되지 않는 바보 왕자로 여겨 무시하였던 것이다. 오늘날 터키를 통치하고 있는 마호메트 술탄은 이 이브라임의 아들이요,

따라서 바자제의 조카다.

바자제의 죽음에 관한 자세한 이야기는 지금까지 어떤 인쇄된 책에도 등장하지 않았다. 세지 백작은 이 비극적 사건이 터키 궁전에서 일어났을 때 콘스탄티노플의 대사로 계셨다. 그분은 바자제의 사랑과 황후[7]의 질투에 관하여 들었다. 그분은 궁전의 경계까지만 산책이 허용되었던 바자제를 흑해의 운하 위에서 본 일도 여러 번 있었다. 세지 백작의 말에 의하면 그는 잘생긴 왕자였다고 한다. 그분은 그 후 바자제의 죽음의 정황을 기록하였다. 그리고 아직도 그분이 프랑스에 돌아와 그 이야기를 해주던 것을 기억하고 있는 고위 인사가 여러 분 계신다.

어떤 독자는 내가 이렇게 최근의 이야기를 감히 무대에 올린 것에 놀랄지도 모른다. 그러나 나는 극시의 법칙에서 내 계획을 포기하게 하는 그 무엇도 찾을 수 없었다. 사실 나부터도 다른 작가에게 이처럼 현대적인 사건을 비극의 소재로 삼으라고 권하지는 않을 것이다. 그 사건이 그 비극을 상연하고자 하는 나라에서 일어났던 일이라면 말이다. 또 관중 대부분이 잘 알고 있는 사람들을 주인공으로 삼아 무대에 올리라고 조언하지도 않을 것이다. 비극의 인물이란 우리가 그렇게 가까이서 본 인물들과는 다른 눈으로 보아야 한다. 주인공들에 대해 우리가 갖는 경외심은 그들이 우리에게서 멀어짐에 따라 증가한다[8]고 말할 수 있을 것이다. 어떤 점에서는 나라 간의 거리가 시대적으로 너무 근접한 것을 보완해준다. 감히 말한다면, 사람들은 자기로부터 천 년 떨어져 있는 것과 천 리 떨어져 있는 것을 거의 다르게 보지 않기 때문이다. 이 점이 예를 들어 터키 인물들이, 비록 그들이 현대인일지라도, 우리의 극장에서 제시될 만한 위엄을 갖게 만든다. 사람들은 애초에 그들을 고대인을 보듯이 본다. 그들이 우리와는 완전히 다른 풍속과 관습에 속해 있기 때문이다. 우리는 터키의 궁전에 사는 왕자들은 물론 다른 이들과도 거의 접촉한 적이 없기 때문에 그들을 이를테면 우리와는 다른 세기에 사는 사람들처럼 생각하는 것이다.

예전에 아테네인들이 페르시아인들을 바라볼 때도 거의 이런 식이었다. 그랬기 때문에 고대 시인 아이스킬로스는 한 비극에 아마도 당시에 생존해 있었을 크세르크세스의 어머니를 등장시켜, 그 왕자의 패주 이후 페르시아의 궁정에 찾아든 슬픔을 아테네의 극장에서 재현하는 데 아무런 거리낌이 없었다. 그런데 아이스킬로스 자신이 바로 크세르크세스가 패한 살라미스 해전에 직접 참전했던 인물이다. 나아가 그는 크세르크세스의 부왕 다리우스의 사령관들이 패했던 마라톤 평원의 전투에도 참전했다. 아이스킬로스는 전사였고, 고대에 그토록 화젯거리가 되었던 사람, 페르시아 왕의 군함을 공격하다 용감하게 죽은 그 유명한 시네지르의 동생이었으니 말이다.

나는 내 비극에서 우리가 터키의 풍속과 규범들에 대해 아는 바를 잘 표현하고자 심혈을 기울였다. 어떤 이는 내 여주인공들이 여기서는 야만인으로 통하는 민족 출신 여자치고는 사랑에 관하여 너무 잘 알고 너무 섬세하다고 말하였다. 그러나 여행자들의 견문록이 전하는 것은 다 그만두더라도, 나로서는 이 극의 무대가 터키 궁궐[9)]이라는 것을 말하는 것만으로도 충분하리라고 생각한다. 사실 그토록 많은 경쟁자들이 함께 갇혀 있고, 모든 여자들이 영원히 할 일이라고는 없는 상태에서 환심을 사는 법과 사랑받는 법 외에는 아무것도 배우지 않는 이곳보다 질투와 사랑이 더 잘 알려질 궁정이 있겠는가? 거기서도 남자들은 사실 그같이 예민하게 사랑하지는 않는다. 그래서 나는 바자제의 정념[10)]과 그의 연인들의 애정 사이에 큰 차이를 두려고 세심히 배려했다. 바자제는 사랑하는 중에도 여전히 자기 민족의 극단성을 지니고 있다.[11)] 만일 그가 자신이 사랑하는 사람을 포기하고 사랑하지도 않는 사람과 결혼하느니 차라리 죽음을 받아들이는 것이 이상하게 여겨진다면, 터키인들의 역사를 읽어보기만 하면 된다. 그들이 목숨을 얼마나 대수롭지 않게 여기는지 도처에서 알게 될 것이다. 여러 곳에서 그들이 정념을 얼마나 극단으로 몰아가는지, 단순한 우애마저도 그들로 하여금 어떤 대단한 일을 하게 하는지 보게 될 것이다. 솔리만의 한 아들의 예가 그 증거인데, 그는 사람들이 자기에게 제국의 권력을 확보해주려고 그가 깊이 사랑하는 형을 죽게 하였을때, 그 형의 시체 위에서 자결하였던 것이다.

| 등장인물 |

· 바자제 : 아뮈라 황제의 동생
· 록산 : 아뮈라 황제의 총애를 받는 황후
· 아탈리드 : 오토민[12] 가문의 여인
· 아코마 : 재상
· 오스맹 : 아코마의 심복
· 자팀 : 황후의 노예
· 자이르 : 아탈리드의 노예

무대는 비장스(비잔티움).

| 1막 |

1 장

아코마, 오스맹.

아코마

1 이리로, 나를 따라오게. 황후가 여기로[13] 오실 걸세.
그동안 자네와 이야기를 나눌 수 있을 거야.

오스맹

그런데 나리, 언제부터 이곳을 출입하게 되셨습니까?
입구를 쳐다보는 것조차 금지되어 있었는데요.
5 예전에는 그런 대담한 행동에는 즉시 죽음이 뒤따랐죠.

아코마

여기서 진행되고 있는 일을 모두 알게 되면
내가 여기 드나드는 것이 더 이상 놀랍지 않을 걸세.
그렇지만 오스맹, 이런 부질없는 이야기는 그만두세.
자네가 돌아오기를 얼마나 초조하게 기다렸던지!
비장스[14]에서 자네를 보게 되니 정말 기쁘네! 10
오로지 나 때문에 떠난 그 긴 여행에서
자네가 알아낸 비밀들을 알려주게.
자네 눈으로 본 것을 신실한 증인으로서 말해주게.
자네가 지금부터 할 이야기에, 오스맹,
오토만 제국의 운명이 걸려 있음을 명심하게. 15
군대에선 뭘 보았고, 황제는 어찌하고 있던가?

오스맹

바빌론은 자기 군주에게 충성을 지키며
포위하고 있는 우리 군대를 동요 없이 지켜보고 있었습니다.
바빌론을 돕기 위해 집결한 페르시아인들은 행군하여,
하루하루 아뮈라 진영을 향해 다가오고 있었습니다. 20
아뮈라 자신도 아무 소용 없는 긴 포위에 지쳐,
바빌론은 그냥 내버려두기로 했는지,
소득 없는 공략을 다시 시도하지 않고
맞붙어 싸울 각오로 페르시아인들을 기다리고 있습니다.
그러나 아시다시피, 서둘러 오느라고 왔습니다만, 25

진지에서 비장스까지는 먼 길이 가로놓여 있습니다.
심지어 별의별 장애들이 저를 가로막기까지 했고요.
해서 그사이에 일어난 일은 전혀 모를 수도 있습니다.

아코마

그동안 용감한 우리 근위보병들은 뭘 하고 있던가?
30 그들은 황제에게 진정한 경의를 표하고 있는가?
오스맹, 그들의 속마음은 전혀 읽지 못했는가?
아뮈라는 절대적인 권력을 누리고 있는가?

오스맹

아뮈라는 만족하고 있답니다, 그의 말을 믿자면요.
만족스러운 승리를 기대하는 것 같기도 했고요.
35 그렇지만 그 태연함에 우리가 속으려니 생각한다면 헛일이지요.
그런 체하고 있을 뿐 실제로 평안을 누리진 못하니까요.
평소의 의심을 억누르고
모든 근위보병을 만나주고 있지만, 소용없습니다.
그는 한시도 잊지 않고 있지요. 자신이 대(大)연대에 반감을 갖고,
40 그중 반이나 잘라내려 했었다는 것을요.
그가 입버릇처럼 말했듯이, 새로 얻은 권력을 강화하기 위해
그들의 감독에서 벗어나려고 했을 때 말입니다.
저 자신도 그들이 불평하는 말을 자주 들었습니다.

그가 끊임없이 그들을 두려워하듯, 그들도 여전히 그를
두려워합니다.
아무리 비위를 맞춰도 그때 준 모욕을 지우진 못했어요. 45
그들에게는 나리가 안 계신 것도 불평거리입니다.
용기 충천하던 호시절에 승리를 확신하며,
나리 휘하에서 싸우던 것을 그리워들 합니다.

아코마

뭐라고! 오스맹, 지난날의 내 영광이 아직도
그들의 용기를 북돋우고 그들의 생각 속에 살아 있단 말 50
인가?
아직도 그들이 기꺼이 나를 따르고,
자기들 재상의 목소리를 알아들을까?

오스맹

전투의 결과가 그들의 태도를 결정지을 겁니다.
황제가 이기느냐 지느냐에 달렸지요.
나리, 아무리 마지못해 황제의 명령 아래 참전하고 있다 55
지만,
그들도 무훈으로 얻은 자기들의 명성을 지켜야 하니까요.
오랜 세월 쌓은 명예를 저버리려 하지는 않을 겁니다.
그렇지만 결국 결과는 운명에 달려 있습니다.
만일 아뮈라가 다행히 그들의 용맹을 뒷받침해주어
바빌론의 전장에서 승리자로 선언될 경우, 60
맹목적이고 비천한 복종의 본보기로 유순해져

비장스에 돌아오는 그들을 보시게 될 겁니다.
그러나 만약 보다 강력한 운명이 전투에서
갓 태어난 그의 권력에 어떤 수치의 낙인을 찍는 경우엔,
65 혹 패주라도 한다면, 그의 불운으로 의기양양해진 그들이
즉각 증오에 대담성을 더할 것을 의심치 마십시오.
그리하여 나리, 그들은 전쟁에서 패배한 것을,
아뮈라를 꾸짖는 하늘의 선고로 풀이할 것이 분명합니다.
하오나 떠도는 소문을 믿자면,
70 삼 개월 전에 그에게서 밀명을 받은 한 노예가
진영으로부터 파견되었답니다.
부대 전체가 놀라서 바자제 때문에 떨고 있었습니다.
모두들 우려하고 있습니다, 아뮈라가 가혹한 명령을 내려
자기 동생의 목을 요구한 것이나 아닌지 하고요.

아코마

75 그것이 그의 계획이었네. 그 노예는 이미 왔다네.
그는 아뮈라의 칙명을 내놓았지만, 아무것도 얻을 수 없었네.

오스맹

뭐라고요, 나리! 황제가 그와 면대할 거란 말입니까?
나리의 충성을 보장하는 담보물도 없는 그를요?

아코마

그 노예는 이제 없네. 오스맹, 다른 명령이
80 그를 왹생[15]의 바닥으로 떨어지게 했네.

오스맹

그렇지만 너무 오래 지체하는 걸 기이하게 여긴 황제가,
이유를 알아내어 복수하려 들 텐데요.
그에게 뭐라고 답하시렵니까?

아코마

아마 그 전에
내가 그를 좀더 중대한 근심에 휩싸이게 할 수 있을 걸세.
아뮈라가 나를 파멸시키겠다고 맹세한 걸 난 잘 알아. 85
그가 돌아와서 나를 어찌 대접할지도 잘 알고 있지.
나를 자기 군사들의 마음에서 떼어놓기 위해
포위든 전투든 나 없이 행하리라는 걸 자네도 알잖나.
군대는 자기가 지휘하고, 나는 도시에서
쓸모없는 권력이나 행사하라고 놔두는 거지. 90
오스맹, 재상에게 이런 직책과 체류가 말이 되는가!
그렇지만 나는 이 여가를 보다 합당하게 활용했네.
그에게 불안과 잠 못 이룰 고민거리를 마련해주었으니,
아마도 그 소문이 곧 그의 귀에 들어갈 걸세.

오스맹

뭡니까? 무슨 일을 하셨습니까? 95

아코마

오늘 바자제가
자기 뜻을 밝힐 거야. 록산도 함께할 거고.

오스맹

뭐라고요! 나리, 유럽과 아시아가 각지를 뒤져
그의 궁전을 채워준 수많은 미인들 중에서,
아뮈라가 선택한 그 록산이?
100 그의 사랑을 사로잡은 것은 그녀뿐이라던데요.
게다가 아뮈라는 그 복 많은 록산이
아들도 낳기 전에, 황후라는 칭호까지 내렸는데요.

아코마

그 이상을 해주었네, 오스맹.
그는 자기가 없는 동안 그녀가 절대 권력을 갖도록 했네.
105 우리 황제들의 일상적인 냉혹성을 자네도 알지.
형은 혈통이 부여한 위험스러운 영광을
형제들이 누리도록 내버려두는 법이 거의 없네.
핏줄이 그들을 자신의 지위와 너무 가깝게 만들거든.
바보 이브라임은 자신의 태생을 겁내지 않고,
110 위험에서 벗어나 영원히 어린애처럼 살고 있지.
살 가치도 죽을 가치도 없으니
그저 먹여나 주는 손에 맡겨버리고 있지.
다른 하나는 너무도 두렵고, 너무 부럽기도 한 존재라,
끊임없이 자기를 죽이려고 벼르는 아뮈라를 보고 있지.
115 왜냐하면 결국 바자제는 항상 경멸했거든.
황제의 자식들이 누리는 무기력한 한가로움을 말이야.
유년기를 벗어나자마자 전쟁을 찾아 나섰고,

내 밑에서 훌륭한 경험을 쌓기까지 했네.
자네도 보지 않았나. 모든 병사들의 마음을 사로잡으면서
전장을 내달리고, 온통 피투성이가 되어 120
첫 번째 승리가 젊은이의 가슴에 가져다주는
기쁨과 영광을 음미하던 그를.
하지만 잔인한 아뮈라는 의심을 품고도,
아들이 태어나 보위를 튼튼히 하기 전에는,
감히 동생을 복수의 제물로 희생시키지도 못하고, 125
오토만 혈통의 희망을 추방할 수도 없었지.
그래서 아뮈라는 한동안 어쩔 수 없이
바자제를 궁전에 가두어두었네.
출전하면서 그는 록산이 자기 증오를 충실히 이어받아,
동생의 목숨에 대해 최고의 권한을 갖고서, 130
손톱만 한 의혹이라도 있으면 그를 죽이도록 했지.
하찮은 소문 외에 다른 이유가 없어도 말이야.
나로 말하자면, 홀로 남겨진 것에 화가 나서
동생 편에 충성을 바치기로 돌아섰네.
나는 황후와 만나서, 내 계획을 숨기고, 135
아뮈라가 돌아올지 불확실하다는 것과,
병영 내의 불만, 군대의 앞날 등을 보여주었네.
나는 바자제를 동정했지.
엄중한 감시를 받으며 응달에 억류되어,
바로 눈앞에 있건만 볼 수 없던 그의 매력을 칭송했지. 140

결국 어떻게 되었는지 아나? 마음을 빼앗겨버린 황후는
그를 보겠다는 욕망 이외에 다른 어떤 욕망도 갖지 않게
되었네.

오스맹

하지만 그렇게 많은 감시의 눈을 속일 수 있었나요?
두 분 사이에 난공불락의 장벽을 세운 것 같았을 텐데?

아코마

145 아마 자네도 기억할 걸세, 신빙성 없는 이야기가
아뮈라가 죽었다는 소문을 퍼트렸던 것을.
황후는 그 소문에 경악한 듯 가장하며
고통스러운 비명으로 그것을 뒷받침했어.
그 눈물을 믿은 그녀의 노예들은 두려움에 떨었지.
150 바자제에게 운이 트이니 감시병들도 동요했네.
천운이 그들의 임무를 뒤흔들어놓자,
갇혀 있던 자들이 혼란을 틈타 서로 만나기까지 했지.
록산은 왕자를 만났네. 오직 자기만 위임받은 그 명령을
그에게 말해주지 않을 수 없었지.
155 바자제는 매력적이지. 자기가 살 길은
그녀의 마음에 드는 것뿐임을 알고, 곧 그녀의 마음을 사
로잡았네.
모든 것이 그에게 협력했지. 그녀의 배려, 호의,
드러난 비밀, 그리고 공모 관계,
숨겨야 하기에 더욱 달콤한 한숨들,

서로 말을 나눌 수 없어 애가 타는 처지, 160
똑같은 대담성, 위험, 함께 나누는 공포,
이런 것들이 그들의 마음과 미래를 영원히 묶어놓았지.
눈을 부릅뜨고 그들을 각성시켜야 할 자들마저
의무에서 이탈하여, 되돌아갈 엄두조차 못 내게 되었다네.

오스맹

예? 록산이 처음부터 그들에게 속마음을 드러내 보이고, 165
그들의 눈앞에서 감히 사랑의 불꽃을 터트렸단 말입니까?

아코마

그들은 아직 모르네. 지금까지는 아탈리드가
그 사랑에 자기 이름을 빌려주고 있거든.
아탈리드는 아뮈라 부친의 질녀야.
그분의 사랑을 그 아들들과 나누어 받으며 170
어린 시절 이 궁궐에서 함께 컸다네.
겉으로는 그녀가 왕자의 구애를 받고 있지.
그러나 그것은 록산에게 전하기 위해서일 뿐,
그녀는 왕자가 자기 이름 아래 황후를 사랑하도록 했다네.
그런데 오스맹, 내 지원을 받아내기 위해 175
두 사람 다 아탈리드를 내게 주기로 약속했어.

오스맹

아니, 나리, 그분을 사랑하십니까?

아코마

자네는 내가 이 나이에

저속한 사랑 수업을 하기 바라나?
피로와 세월로 굳어버린 가슴이
180 헛된 쾌락의 무분별한 충고를 따를 것 같은가?
그녀가 내 눈에 드는 것은 다른 매력 때문이야.
내가 그녀에게서 사랑하는 것은 그녀의 혈통이라네.
그녀는 바자제가 나를 자기편으로 끌어들이는 수단이기도 하지만,
나한테는 바로 그 바자제에 대한 튼튼한 방어벽이 될 것이거든.
185 황제들에게 재상이란 늘 뭔가 불안을 주는 존재지.
그들은 재상을 뽑아 세우자마자, 자기들이 만든 작품을 두려워하네.
재상의 유물은 그들이 얻고 싶어 하는 재물이고,
그들의 앙심은 결코 우리가 늙어가도록 내버려두질 않아.
오늘은 바자제가 나를 떠받들며 정을 쏟지.
190 매일같이 위험에 처하니 내게 더욱 매달릴밖에.
그런 바자제지만 일단 튼튼한 왕좌에 앉게 되면
아마 쓸모없어진 친구를 잊게 될 테지.
나로 말하자면, 의무와 충성을 다하고도 그를 붙들지 못해서,
만약 어느 날 그가 감히 내 목을 요구해온다면…….
195 자세히 말하진 않겠네, 오스맹. 하지만 적어도
내 목을 금방 내주진 않으리라는 것은 말해두지.

나는 황제들에게 성실하게 봉사할 줄 아네.
그러나 그들의 변덕을 숭배하는 일은 비천한 자들에게
맡기겠네.
그들이 선고했다고 해서 내 죽음을 찬양할
얼빠진 도덕심 따위는 내게 없어. 200
이것이 바로 내게 이곳의 문을 열어준 전말인 동시에,
결국 록산이 내 눈앞에 모습을 드러내게 된 경위일세.
처음에는 모습을 숨기고 내 목소리만 들으면서
궁궐의 준엄한 법도를 두려워했네.
그렇지만 결국은 우리의 대화를 너무 거북하게 하는 205
그 귀찮은 두려움을 떨쳐버리고,
황후 자신이 이 외딴 장소를 찾아내어,
마주 보며 흉금을 털어놓을 수 있게 되었네.
한 노예가 비밀 통로로 나를 인도하고,
그리고……. 누가 오네. 황후와 아탈리드로군. 210
여기 있게. 혹 모르니, 내가 알려주려는 중요한 이야기를
보증해줄 수 있게 준비하고.

2장

록산, 아탈리드, 자팀, 자이르, 아코마, 오스맹.

아코마

사실이 소문과 일치합니다,
마마. 오스맹이 황제와 군대를 만났습니다.
215 오만한 아뮈라가 불안해하는 것도 여전하고,
모두의 마음이 바자제에게 기우는 것도 여전합니다.
모두들 한목소리로 바자제를 왕좌로 부르고 있답니다.
그런 중에도 페르시아인들이 바빌론으로 진군하고 있고,
머지않아 두 진영이 성벽 아래서
220 전운(戰運)을 시험할 것 같더랍니다.
모두들 이 전투가 우리의 운명을 결정할 것이라고 합니다.
오스맹이 다녀온 날 수를 세어보면,
벌써 하늘이 결과를 결정해서
지금쯤은 황제가 승리했거나 도망 중일 것입니다.
225 우리도 침묵을 깨고, 선포합시다, 마마.
오늘부로 비장스의 문들을 닫아 그가 들어오지 못하게
합시다.
그가 이겼는지, 도망쳤는지 확인할 것도 없이
저를 믿고, 소문이 들려오기 전에 서둘러 선수를 칩시다.
도망치고 있다면, 무엇이 두렵습니까? 반대로 그가 승리

한다면,
가장 신속한 결단이 가장 바람직합니다. 230
그를 성 안으로 맞아들일 태세인 백성들을
그의 권력에서 빼내려고 해봤자 너무 늦습니다.
저로 말하자면 이미 비밀리에 수를 써서
율법을 해석하는 고위 성직자들을 매수해놓았습니다.
저는 신앙심이 돈독하고 순진하기 짝이 없는 백성들이 235
종교의 제지를 얼마나 잘 따르는지 알고 있습니다.
바자제가 마침내 빛을 볼 수 있게 윤허하십시오.
그에게 이 궁전의 방책을 열어젖혀주십시오.
그의 이름으로, 통상 가장 위급한 상황을 알릴 때 쓰는
마호메트의 군기[16]를 펼쳐 보이십시오. 240
이미 그의 이름에 호의를 가지고 있는 백성들은
그의 죄라고는 그의 미덕뿐이라는 것을 알고 있습니다.
더구나 제가 손을 써서 신빙성을 얻게 된 모호한 소문이
때마침, 불안해하던 백성들로 하여금,
아뮈라가 그들을 경멸해 왕좌와 왕위를 245
비장스에서 멀리 옮기려 한다고 믿게 만들었습니다.
그의 동생을 짓누르고 있는 위험을 공표합시다.
마마께 하달된 그 잔인한 명령을 알려줍시다.
무엇보다도 그분 스스로 뜻을 밝히고 자신을 드러내어,
왕관에 합당한 모습을 보여주게 합시다. 250

록산

그만 됐소. 내가 약속한 것은 모두 지킬 것이오.
가시오, 용감한 아코마. 경의 동지들을 소집하시오.
그들의 생각을 내게 와 낱낱이 알려주시오.
나도 직접 경에게 신속한 답변을 줄 것이오.
255 바자제를 만나보겠소. 지금은 아무 말도 할 수 없소.
그의 마음이 내 마음과 일치하는지 알기 전에는.
갔다가 다시 오시오.

3 장

록산, 아탈리드, 자팀, 자이르.

록산

드디어, 아름다운 아탈리드,
바자제가 우리의 운명을 결정해야 하오.
마지막으로 그와 상의할 거요.
260 그가 나를 사랑하는지 알아야겠소.

아탈리드

지금이 그것을 의심할
때입니까,
마마? 마마의 일부터 서둘러 끝맺으세요.

재상의 말을 듣지 않으셨습니까.
바자제는 마마께 소중한 사람입니다. 그분의 자유, 그분의 목숨이
내일도 마마의 손안에 있을 줄로 생각하세요?
아마 이 순간에도 격노한 아뮈라가 나가오고 있겠죠. 265
그렇게도 아름다운 생애를 잘라버리려고 말이에요.
그런데 왜 오늘 그분의 마음을 의심하십니까?

록산

하지만 그대가 그의 마음을 보증할 수 있소? 그의 편을 드는 그대가?

아탈리드

뭐라고요! 마마, 마마를 위해 그분이 기울이신 배려,
마마께서 하신 일, 마마께서 하실 수 있는 일, 270
그분을 위협하는 위험, 그분의 충성, 그리고 무엇보다 마마의 매력,
이 모든 것이 마마께 그분의 마음에 대한 확신을 주지 않습니까?
마마의 호의가 그분의 기억 속에 살아 있음을 믿으세요.

록산

아아, 믿으면 편안하련만, 왜 나는 그것을 믿지 못하나?
어찌하여 그 무정한 사람은 내 마음을 달래주기 위해 275
말해달라는 대로 말해주지 않는 걸까?
스무 번이나, 그대의 말을 듣고 확신에 가득 차,

그의 마음에 이는 동요를 지레 즐기면서,
나 스스로 그의 마음을 확인하고 싶어서
280 비밀리에 그를 내 앞에 데려오도록 했다오.
아마도 너무 큰 사랑이 나를 까다롭게 만드는 게지.
하지만, 쓸데없는 이야기로 그대를 피로하게 할 것 없이
말하자면,
너무도 허황된 말이 나에게 그토록 여러 번 기대하게 한
그 동요, 그 열정을 나는 전혀 발견할 수 없었어.
285 어쨌든 내가 생명과 제국을 주는 판국에,
그런 불확실한 보증들만으로 나는 만족할 수 없어.

아탈리드

그러면요? 그분의 사랑에 뭘 제안하시렵니까?

록산

나를 사랑한다면, 오늘 당장 나와 결혼해야 해.

아탈리드

결혼이라고요? 오 이런! 무슨 일을 하시려는 겁니까?

록산

290 나도 그게 황제의 관례에 위배된다는 걸 알아요.
자기 마음을 결코 결혼으로 구속하지 않는 것이
황제들의 지상 원칙이라는 것을 알고 있어요.
총애를 얻으려고 온갖 수를 쓰는 그 많은 미인들 중
한 여자를 애인으로 삼는 경우도 간혹 있지.
295 그러나 그 여자는 수많은 매력을 갖고도 항상 불안해하며,

노예로서 자기 주인을 품에 안는 거요.
그러고는 황제의 법이 정한 멍에에서 벗어나지 못한 채,
아들이 태어나야만 황후로 책봉되지.
아뮈라는 다른 황제들보다 열정적이어서, 처음으로
자기 사랑에 그 칭호를 바치도록 명했소. 300
나는 그에게서 호칭뿐 아니라 권력까지 받았고,
그는 내게 동생의 목숨을 주관하는 절대권도 주었소.
그러나 그런 아뮈라도 내게 결코 약속해주지 않았지,
언젠가 그가 베푼 호의에 결혼이라는 왕관을 씌우겠다는 것은.
그런데 나, 오로지 그 영광밖에는 바라지 않는 나는 305
그가 베푼 다른 호의들은 까맣게 잊어버렸소.
그렇지만 나 자신을 정당화해서 무엇 하랴?
바자제가 모든 것을 잊게 만들었어, 그게 사실이야.
온갖 불행에도 불구하고 형보다 행복한 그,
그가 내 마음에 들었어, 그는 바라지도 않았을지 모르지만. 310
시녀들, 경비병들, 재상, 그를 위해 모두 끌어들였소.
한마디로 내가 그를 어디까지 인도했는지 그대도 알고 있소.
사랑했기 때문에 잘 이용한 거요,
아뮈라가 내게 맡긴 생사여탈권을.
황제의 왕좌가 바자제의 손 닿는 곳에 있소. 315

한 걸음만 내딛으면 돼. 하지만 거기는 내가 그를 기다리는 곳이야.
내 모든 사랑에도 불구하고, 오늘 안에
합법적인 결혼으로 나와 결합하지 않으면,
감히 내게 가중스러운 법도를 적용하려 든다면,
320 나는 저를 위해 무엇이든 했는데, 저는 나를 위해 그렇게 하지 않으면,
바로 그 순간, 내가 그를 사랑하는 것도 아랑곳없이,
나 자신이 죽는 길이라는 것도 생각지 않고,
그 무정한 자를 저버려 돌아가게 하겠다.
내가 끌어내주었던 그 불행한 상태로.
325 바로 이 점에 대해 바자제에게 자신의 생각을 밝히라 하시오.
죽느냐 사느냐는 그의 대답에 달려 있소.
오늘 나는 그에게 내 뜻을 전하기 위해 목소리를 빌려달라고
당신을 괴롭힐 생각이 전혀 없소.
나는 그의 입술과 얼굴이 내 앞에서
330 한 점의 의혹도 남기지 않고 자신의 가슴을 열어 보여주길 바라오.
아무것도 알리지 말고 비밀리에 여기로 데려와,
그 스스로 내 눈앞에 나서라고 하시오.
안녕히. 그를 만난 다음 모든 것을 말해주리다.

4 장

아탈리드, 자이르.

아탈리드

자이르, 다 끝났어.[17] 아탈리드는 죽었어.

자이르

마마! 335

아탈리드

이렇게 될 줄 이미 알고 있었다.

내 희망은 오직 내 절망 속에 있구나.

자이르

아니 마마, 어째서 그렇습니까?

아탈리드

네가 좀 전에 들었다면.

록산이 어떤 불길한 생각을 품었는지,

그녀가 어떤 조건을 내걸었는지!

바자제는 죽어야만 한대, 아니면 그녀와 결혼하든지. 340

그가 굴복하면 그 지극한 불행 속에서 난 어찌 되나?

굴복하지 않으면, 그 자신은 또 어떻게 되지?

자이르

그 불행, 알 만합니다. 하지만 거짓 없이 말씀드리자면,

마마의 사랑은 진작에 그것을 예감했어야 합니다.

아탈리드

345 아, 자이르, 사랑에 그 같은 선견지명이 있더냐?
모든 것이 우리를 돕는 것 같았어.
록산은 나를 신뢰하여 모든 것을 털어놓으며,
바자제의 마음에 대해서는 내 말을 믿었기에.
그와 관계된 모든 일의 배려를 내게 일임하고,
350 내 눈을 통해 그를 보고, 내 입을 통해 그에게 말했지.
그래서 그녀의 손을 통해 내 애인에게 왕관을 씌울
그 행복한 순간이 머지않았다고 생각했는데.
하늘이 내 꾀에 반대하고 나서는구나.
그러니 자이르, 내가 어떻게 했어야 했니?
355 록산에게 맞서 그녀의 오해를 지적하고,
그녀를 깨닫게 하기 위해 내 애인을 죽게 했어야 할까?
그 사랑이 그녀의 가슴에서 싹트기도 전에,
난 사랑했어, 그리고 사랑받고 있다고 확신할 수 있었어.
아주 어렸을 때부터, 혈연으로 묶인 매듭이
360 사랑으로 더욱 조여진 건 너도 기억하고 있을 거야.
그의 어머님의 품에서 함께 자라서,
바자제가 자기 형과 다른 점도 알 수 있었지.
어머님도 기꺼이 우리의 소원을 맺어주셨어.
그분이 돌아가신 뒤에 서로 떨어져야 했지만,
365 보지는 못해도 서로를 위하는 마음을 간직했기에,
언제나 서로 사랑하면서도 침묵을 지킬 수 있었어.

그 후에, 그런 줄은 꿈에도 생각하지 못하고
자기의 비밀스러운 계획에 나를 동참시키려 한 록산은,
너무도 사랑스러운 그 영웅을 사랑 없이 바라볼 수 없어,
그에게 달려가서 호의의 손길을 내밀었던 거야. 370
바자제는 놀라서 그녀의 배려에 감사하고
경의를 표했지. 그러지 않을 수 있었겠니?
그러나 사랑은 제가 원하는 걸 너무도 쉽게 다 믿어버리는 법!
바자제의 가장 하찮은 경의에도 록산은 만족했고
그런 그녀의 순진한 믿음 때문에 우리 두 사람은 375
그녀가 믿는 대로 즐기도록 내버려둘 수밖에 없었어.
자이르, 그러나 나의 나약함을 고백하지 않을 수 없구나.
나는 질투심을 억누를 수가 없었다.
내 경쟁자는 내 애인을 갖은 호의로 뒤덮으면서
내가 가진 보잘것없는 매력에 '제국'으로 맞섰지. 380
천 가지 배려가 그의 기억에 그녀를 아로새겨놓았어.
그녀는 임박한 영광으로 그를 붙들었어.
그런데 나, 나는 아무 힘도 없구나. 내 가슴에서 나오는 말이라곤
한숨밖에 없었고, 그 역시 매양 한숨으로 답할 뿐.
내가 그 때문에 얼마나 눈물을 흘렸는지 하늘만이 아실 거야. 385
그러나 결국 바자제가 내 불안을 없애주었지.

나는 내 눈물을 책망하고, 오늘날까지
그에게 속마음을 감추도록 강요하면서, 그를 대변해왔어.
맙소사! 다 끝났어. 무시당한 록산이
390 곧 자기의 오산을 깨닫게 될 거야.
바자제는 결국 자신을 속일 줄 모르니까.
쉽게 격노하는 그의 패기를 나는 알아.
한순간도 마음 놓지 말고 떨면서도 도울 준비를 단단히 하고,
내가 그의 말에 좀더 호의적인 의미를 부여해야 해.
395 바자제는 죽을 거야. 아! 내 연적이 전처럼
내 목소리를 빌려 그에게 말하고자 했다면 얼마나 좋았을까!
적어도 내가 그의 낯빛을 미리 준비시킬 수만 있었어도!
하지만 자이르, 그가 지나는 길목에서 기다릴 수는 있어.
한마디 말, 또는 한 번의 눈길로 그를 도울 수 있어.
400 결혼하라고, 단 한마디, 죽기보다는 차라리 결혼하라고.
록산이 원하면, 그는 필시 죽을 것이다.
그는 죽을 거야, 분명히. 아탈리드, 가만히 있어봐.
불안해하지 말고, 네 연인의 마음에 맡겨둬.
누군가 너를 위해 죽을 만큼 네가 대단하다고 생각해?
405 아마도 바자제는, 네 소원을 이루게 해주려고,
네가 바라는 이상으로 자기 목숨을 돌볼 거야.

자이르

아! 마마, 도대체 무슨 근심에 잠기려 하십니까?
항상 앞질러서 괴로워하셔야 합니까?
의심하실 수 없어요. 바자제께선 마마를 흠모하셔요.
마마를 괴롭히는 근심 미루어두시든지 아니면 숨기세요. 410
눈물 때문에 두 분의 사랑이 드러나게 하지 마시고요.
그분을 구했던 손길이 앞으로도 그분을 구할 거예요.
록산이 숙명적인 오류에 사로잡혀서,
끝까지 자기 연적이 누구인지 모르기만 한다면 말이에요.
마마, 근심을 숨길 수 있는 곳으로 가셔서 415
거기서 두 사람이 만난 결과를 기다리세요.

아탈리드

그래, 그러자! 자이르, 가자. 그리고 너의 정의가,
젊은 두 연인의 거짓을 벌하려 한다면,
오, 하늘아, 우리 사랑이 네게 죄가 된다면,
내가 더 죄 많은 사람이니, 벌은 모두 내게 내려다오. 420

| 2막 |

1 장

바자제, 록산.

록산

왕자님, 당신의 자유를 위해 하늘이 정해둔
운명의 시간이 드디어 왔군요.
이제 아무것도 나를 말릴 수 없어요. 그러니 나는 바로 오늘이라도
내 사랑이 만든 계획을 실행할 수 있어요.
425 그렇다고 당신에게 손쉬운 승리를 보증해줌으로써,
당신 수중에 고요한 제국을 넘겨주지는 못합니다.

내가 할 수 있는 것은 한다고, 이미 당신에게 약속했어요.
당신의 적들과 맞설 수 있도록 당신의 용기를 북돋우고,
당신의 날들에서 명명백백한 위험을 떼어놓겠어요.
나머지는, 왕자님, 당신의 용덕이 완수하겠지요. 430
오스맹이 군대를 정탐하고 왔습니다. 그들은 당신 편이
랍니다.
우리의 대사제들도 우리에게 동조하고 있습니다.
아코마 재상은 당신에게 비장스를 보장합니다.
나는, 당신도 아시다시피, 내 수하에,
사제들, 노예들, 벙어리 내시들과, 435
이 궁전의 장벽 안에 갇힌 백성을 거느리고 있고,
내 호의에 예속된 그들의 영혼은
침묵과 목숨을 내게 판 지 오래입니다.
지금 당장 시작하세요. 내가 당신에게 열어준
영광의 경주장을 달려가는 것은 당신에게 달렸어요. 440
당신이 접어든 길은 결코 옳지 못한 궤도가 아니에요.
당신이 뿌리치는 것은, 왕자님, 살인자의 손입니다.
이 같은 예는 흔해요. 게다가 예로부터 이 길은
여러 황제들을 권력으로 이끌었지요.
하지만 좀더 나은 출발을 위해, 우리 둘 다 서둘러 445
내 행복과 그대의 행복을 동시에 확보합시다.
나를 당신과 하나 되게 하여, 만방에 보여주세요.
내가 당신을 도왔을 때 남편을 도왔던 것이었음을.

행복한 결혼이라는 신성한 인연으로
450 내가 그대에게 한 맹세를 합법화해주세요.

바자제

아! 무슨 말씀입니까, 마마?

록산

아니 왜요, 왕자님!
어떤 알 수 없는 장애가 우리의 행복을 가로막나요?

바자제

마마, 모르십니까? 제국의 자존심이…….
왜 이런 말을 하는 괴로움을 면해주지 않으십니까?

록산

455 그래요, 나도 알아요. 당신네 황제 중 하나인 바자제[18]가
야만인의 광폭함을 뼈저리게 체험하며,
그의 아내가 정복자의 수레에 묶여
온 아시아를 끌려 다니는 것을 본 다음부터,
오토만의 명예를 소중히 여기는 그의 후손들은
460 남편이라는 이름을 가지려 한 적이 거의 없다는 것을.
하지만 사랑은 이런 공연한 계율 따위는 따르지 않는 법.
흔해 빠진 예를 들지 않더라도
솔리만,[19] (아시지요, 전 세계가 당신 선조들의
무적의 팔을 두려워했지만, 그중 누구도 그분만큼
465 오토만의 위대함을 드높이진 못했지요)
그 솔리만이 록슬란에게 눈길을 주었습니다.

그의 온갖 자존심에도 불구하고, 그 오만한 군주가
자기 왕좌와 자기 침소로 그녀를 데려갔지요.
아마도 약간의 매력과 많은 꾀 이외에는
황후가 될 어떤 권리도 없었는데 말이에요.[20) 470

바자제

사실입니다. 그렇지만 보십시오, 지금 제 능력을.
솔리만이 어떤 인물이었고, 저는 얼마나 보잘것없는지.
솔리만은 완전한 권력을 누리고 있었습니다.
다시 그에게 복종하게 된 이집트와,
오토만이 두려워한 암초였으나 475
그 수비자들의 관으로 변한 로드,
무릎 꿇은 가련한 다뉴브 강의 연안국들,
뒤로 물러나버린 페르시아의 국경,
불타는 자기네 땅에서 굴복한 아프리카인들.
이 모두가 그의 의지 앞에서는 율법마저 입을 다물게 한 480
겁니다.
저는 어떻습니까? 만사를 민중과 군대에게 기대하고 있어요.
아직도 불행만이 제 명성의 전부입니다.
불운하고, 배척받고, 통치할 수 있을지 확실치도 않은데,
그들의 마음을 얻기는커녕, 화나게 해야 할까요?
우리 기쁨을 본 후에도 그들이 우리 불행을 동정할까요? 485
제가 처한 위험과 당신의 눈물을 진실하다고 여길까요?

솔리만의 경우를 들어 저를 설득하지 마시고,
아주 최근에 암살된 오스만을 생각해보십시오.
근위보병장들은 반란을 일으키면서,
490 자기들의 피비린내 나는 계획을 미화하기 위해,
당신이 제안하는 그런 치명적인 결혼에서[21)]
그의 파멸을 당연하게 만드는 구실을 찾아냈지요.
결국 무슨 말씀을 드릴까요? 그들의 마음을 장악하면,
시간이 흐를수록 저는 점점 더 과감해질 겁니다.
495 아무것도 서두르지 맙시다. 마마께 보답할 수 있는 처지에
저를 놓아주시는 일부터 우선 시작해주십시오.

록산

알겠소, 왕자. 내가 경솔했소.
당신의 선견지명에선 그 무엇도 빠져나갈 수 없구려.
너무도 성급한 나의 사랑으로 인해 당신이 빠지게 될
500 가장 작은 위험까지 예감하고 계셨구려.
그대 자신과, 그대의 명예 때문에, 그 사랑의 결과를 두려워하는구려.
그러니 나도 그걸 믿으리다, 그대가 그리 말씀하시니.
하지만 생각해보았소? 만일 나와 결혼하지 않으면,
당신이 부딪히게 될, 그보다 더 확실한 위험들에 대해서?
505 나 없이는 모두가 당신의 적이라는 걸 유념하고 있소?
무엇보다 내 마음에 드는 것이 가장 중요하다는 걸?
내가 궁궐의 문들을 거머쥐고 있다는 걸 생각하고 있소?

내가 당신에게 그 문을 열어줄 수도, 영원히 잠글 수도
있다는 걸?
내가 당신 목숨에 대해 절대적인 권한을 갖고 있다는 것,
내가 당신을 사랑해야만 당신의 숨이 붙어 있다는 것, 510
당신의 거절이 모독하고 있는 바로 그 사랑이 아니었다면,
한마디로, 당신은 더 이상 존재할 수 없다는 것을?

바자제

압니다. 모든 것이 마마의 은덕입니다. 그리고 당연히
제국 전체가 제 발아래 엎드린 것을 보면서,
모두 마마의 은덕이라 아뢰는 제 말을 들으시는 것이 515
마마께도 큰 영광일 거라고 믿었습니다.
그렇게 아룀을 주저하지 않습니다. 제 입으로 고백하며
또 저의 경의가 그것을 끊임없이 확증해드릴 겁니다.
제 피 전부를 마마께 빚졌으니, 목숨도 마마의 것입니다.
하오나 마마께서 원하시는……. 520

록산

아니, 이제 아무것도 원
하지 않아.
억지로 지어낸 이유로 나를 더 이상 귀찮게 하지 마라.
네가 바라는 것이 내 생각과 얼마나 먼지 이제 알겠다.
배은망덕한 것, 더 이상 동의하라고 강요하지 않겠다.
내가 끄집어내준 그 비천한 처지로 되돌아가라.
결국 무엇이 나를 말리겠는가? 그의 무정함에 대해 525

내가 어떤 확증을 더 요구할 수 있겠는가?
은혜를 모르는 자, 나의 열정을 느끼기나 하는가?
그의 논설에 조금이라도 사랑이 들어 있는가?
아! 너의 속셈을 알겠어. 내가 무엇을 하든,
530 나 자신이 처할 위험 때문에 너를 봐줄 거라는 거지.
그처럼 강한 결속으로 연루되어 있으니,
네 이익을 내 이익에서 떼어낼 수 없으리라는 거지.
그렇지만 난 아직 네 형의 비호를 받고 있어.
너도 알듯이 그는 날 사랑해. 그러니 화는 내겠지만,
535 나는 네 부정한 피로 모든 것을 속죄할 수 있어.
네 죽음이면 나를 정당화하는 데 충분하리라.
그걸 의심하지 마. 지금 당장, 그렇게 할 테니.
바자제, 들어봐요. 내가 당신을 사랑하는 모양이오.
당신은 죽어요. 나를 나가지 못하게 해요.
540 뉘우칠 수 있는 길은 아직 열려 있어요.
사랑 때문에 격렬해진 여인을 절망시키지 말아요.
내 입에서 한마디만 새어 나오면, 당신 목숨은 끝장이에요.

바자제

저의 목숨을 앗아가실 수 있겠지요. 마마 수중에 있으니.
제 죽음은 당신의 계획에 유익하여,
545 행복한 아뮈라에게서 마마의 용서도 얻어내고,
그의 가슴속 최고 자리도 마마께 되돌려주겠지요.

록산

그의 가슴속? 아! 설령 그가 그러고자 한들,
너의 마음을 지배할 수 있다는 희망을 잃는다면,
그토록 오랫동안, 그토록 달콤한 착각에 사로잡혀 있던
내가
앞으로 다른 생각을 견딜 수 있으리라고 믿느냐? 550
너를 위해 살지 않는데, 내가 살 수 있다고 생각해?
잔인한 사람, 내가 너에게 나를 공격할 무기를 주는구나.
그렇겠지. 그러니 이 연약함을 억눌러야 하는데.
네가 이겼다. 그래, 내가 고백하마.
네 눈앞에서 거짓으로 오만한 척 꾸며 보였다. 555
나의 기쁨, 나의 행복은 네게 달렸어.
유혈 낭자한 내 죽음이 네 죽음을 따르리라.
너의 목숨을 구하기 위해 그토록 애쓴 결과가 이거라니!
드디어 한숨을 쉬는구나. 마음이 움직이는 게지.
말해라, 어서. 560

바자제

오 하늘이여! 왜 나는 말을 못하나?

록산

대체 뭐요? 무슨 말이오? 내가 방금 무슨 말을 들은 건가
요?
내가 알 수 없는 비밀을 가지고 있구려!
뭐야? 당신의 마음을 내가 알아서는 안 된단 말이오?

바자제

마마, 다시 한번 말씀드리오니, 선택은 마마가 하십시오.

565 왕좌로 가는 합법적인 길을 저에게 열어주시든지,

아니면, 저는 각오가 되어 있으니, 마마의 희생물로 삼으시든지.

록산

아! 이젠 더 못 참겠다, 네 말대로 하마.

여기! 경비병, 들어와라.

2장

록산, 아코마, 바자제.

록산

아코마, 다 끝났소.

돌아가시오. 경에게는 할 말이 없소.

570 나는 아뮈라 황제의 권위를 인정하오.

나가시오, 이제부터 궁궐을 폐쇄하고

관례에 따라서만 여기에 들어올 수 있게 하라.

3장

바자제, 아코마.

아코마

왕자님, 무슨 소리입니까? 너무도 갑작스럽습니다!
이제 어찌 되시는 건가요? 소인은 또 어찌 되는 겁니까?
왜 이렇게 된 겁니까? 누구를 탓해야 합니까? 575
오, 맙소사!

바자제

여기서 경을 속일 수는 없소.
록산은 모욕을 당하고 복수하러 달려간 거요.
영원한 난관이 우리의 동맹을 깨트렸소.
경, 미리 알려드리니, 자신을 돌보시오.
나를 믿지 말고, 경 스스로 결단을 내리도록 하시오. 580

아코마

하오면?

바자제

경과 경의 동료들은 어디 은신처를 찾으시오.
나는 내 우정이 그대들을 어떤 위험에 빠트릴지 아오.
언제가 그대들에게 이보다 나은 보상을 하리라 마음먹었는데.
그렇지만, 이제 다 끝났소. 더는 생각 말아야 해.

아코마

585 하온데 왕자님, 그 넘을 수 없는 난관이 대체 뭡니까?
방금 전까지만 해도 궁궐은 아주 평온했는데요.
어떤 격정이 왕자님과 황후의 영혼을 사로잡은 겁니까?

바자제

아코마, 그분은 내가 결혼해주길 바라오.

아코마

그래서요?

황제들의 관례가 황후의 소원에 반하기는 하지요.
590 하지만, 그 관례가 왕자님의 생명을 걸고 지켜야 할 만큼
그렇게 준엄한 율법이라는 말씀이십니까?
율법 중 가장 신성한 율법은, 아! 당신 자신을 구하는 것,
그래서 왕자님, 후계자라고는 당신뿐인 오토만의 핏줄을
명명백백한 죽음에서 벗어나게 하는 것이에요!

바자제

595 비열함이라는 값을 치러야만 구할 수 있는 것이라면
그 불행한 후계자는 너무 비싼 대가를 치르는 셈이 되오.

아코마

그렇지만, 왕자님 왜 결혼을 그렇게 나쁘게만 보십니까?
솔리만의 결혼이 그의 행적을 흐렸습니까?
게다가 솔리만은 왕자님을 짓누르는
600 명백한 위험들에 위협당하고 있지도 않았죠.

바자제

바로 그 위험이, 목숨을 구하겠다는 그 생각이
비굴한 결혼을 수치스럽게 만드는 것이오.
솔리만은 이런 불쾌한 핑계를 갖고 있지 않았소.
그의 노예가 그의 눈앞에서 은총을 얻은 것이지.
꼭 결혼하지 않으면 안 되는 멍에 때문이 아니라 605
흔쾌한 선물로 자기 마음을 그녀에게 주었던 거요.

아코마

하오나 왕자님은 록산을 사랑하십니다.

바자제

아코마, 됐소.
나는 그대가 생각하는 것만큼 내 운명에 통탄하지 않소.
나에게 죽음은 전혀 비참의 극치가 아니오.
아주 어렸을 때도 그대를 따라 죽음을 찾아 나섰던 것을. 610
그뿐 아니라 나를 가둔 이 부당한 감옥이
죽음을 더욱 가깝게 보도록 나를 길들이기까지 했소.
아뮈라는 내 눈앞에 스무 번이나 죽음을 보여주었지.
죽음이란 파란 많은 생애의 흐름을 끝내주는 것이지.
아아! 이승을 떠나면서 약간의 회한이 있다면……. 615
용서하시오, 아코마. 가엾구려, 당연히,
오직 나만을 생각해주었으나
아무것도 보상받지 못한 착한 마음씨들이.

아코마

아! 만일 우리가 죽는다면, 오직 왕자님 탓인 줄 아십시오,

620 왕자님. 한마디만 하세요. 그러면 우리 모두를 구하는 겁니다.

여기 남아 있는 용감한 근위보병들,

종교의 성스러운 수탁자들,

오직 모범된 행실로 추앙받아

비장스 백성의 의사를 좌우하는 사람들,

625 이들 모두가 당신을 인도할 준비가 되어 있어요.

새 황제가 처음 입성하는 신성한 문으로 말입니다.

바자제

그래, 아코마, 내가 그들에게 그렇게 소중한 사람이라면,

그들더러 와서 록산의 손에서 나를 빼내라고 하시오.

필요하다면, 궁궐의 문들을 부수시오.

630 그들의 용맹한 호위를 받으면서 들어오시오.

억지로 그녀의 남편이라는 이름을 뒤집어쓰느니,

차라리 여기서 상처로 뒤덮여 피 흘리며 나가는 게 낫소.

아마도 나는 그런 극도의 혼란 속에서도

아리따운 절망으로 나 자신을 구하고,

635 싸우면서 경의 충성의 결과를 기다리며,

경이 나에게 올 때까지 시간을 벌 수 있을 거요.

아코마

아니 제가 아무리 빠르다 한들,

록산이 단숨에 복수하는 것을 막을 수 있겠습니까?
그렇게 되면, 이 열렬한 열성이 무슨 소용이 있겠습니까?
왕자님의 동지들에게 보람 없는 역모 죄를 씌울 뿐이지요. 640
그러겠다고 하세요. 왕자님을 압박하고 있는 위험에서
벗어나고 나면,
그 약속이라는 것이 별것 아니라는 걸 알게 될 겁니다.

바자제

내가!

아코마

부끄러울 것 없습니다. 오토만의 혈통은
맹세의 노예가 될 필요가 전혀 없습니다.
전쟁의 법칙에 따라 승리자로 땅 끝까지 나아갔던 645
저 영웅들을 생각해보십시오.
승리자이므로 자유롭고, 자기 약속의 주인인 그들에게는
국가의 이익만이 유일한 율법입니다.
그리고 그토록 신성한 왕좌의 절반은,
지키지 않은 약속에 기초하고 있는 겁니다. 650
화가 납니다, 왕자님.

바자제

그렇겠지. 나도 알아요, 아코마.
국가의 이익이 그들을 어디까지 가게 했는지.
그렇지만 그 영웅들도, 자기 목숨은 아낌없이 바쳤고,
배신으로 제 목숨을 되사지는 않았소.

아코마

655 아 불굴의 용기다! 너무나 굳은 지조야!

죽게 되긴 했어도, 결국 존경하지 않을 수 없구나!

용기 없는 조심성은 일순간에 질 수밖에

다른 도리가……그런데 아탈리드가 오다니, 이 얼마나 다행인가?

4 장

바자제, 아탈리드, 아코마.

아코마

아! 마마! 이리 오셔서 저 좀 도와주세요.

660 이분이 죽습니다.

아탈리드

바로 그 문제로 이분을 뵈러 온 겁니다.

하지만 자리를 좀 비켜주세요. 이분을 죽이려고 흥분한 록산이

궁궐의 문을 닫으라고 명하고 있습니다.

그래도, 아코마, 멀리 가지는 마세요.

곧 다시 와주십사 할 테니까요.

5 장

바자제, 아탈리드.

바자제

그래! 이제 당신을 두고 떠날 수밖에 없게 되었소. 665
하늘이 내 가식을 벌하고 그대의 계략을 무산시키는구려.
그 최후 벼락에서는 그 무엇도 날 지켜줄 수 없었소.
죽든지, 더 이상 그대의 사람이 아니든지, 두 길밖엔 없었소.
억지로 본심을 억눌러서 우리에게 무슨 도움이 되었소?
잠시 후면 나는 죽어요. 그것이 내 가식의 결실이오. 670
내가 당신에게 예언했지. 그런데도 당신은 그걸 원했소.
내가 할 수 있는 만큼은 그대의 눈물을 늦춰주었소.
사랑하는 아탈리드, 그대를 아끼는 마음에서 말하는데,
황후와 대면하는 것을 피하도록 해요.
눈물 때문에 당신 마음을 들킬지 모르니, 그녀의 눈앞에서 눈물을 보이지 마오. 675
그리고 이렇게 작별하는 것도 위험하니, 길게 하지 마오.

아탈리드

아니요, 왕자님. 이 불행한 여인을 위해서
당신의 착한 마음은 운명과 싸울 만큼 싸웠어요.
저를 거기서 구하려고 왕자님의 희생이 너무 큽니다.

680 받아들이셔야 합니다. 저를 떠나시고, 통치하셔야 해요.

바자제

당신을 떠나라고?

아탈리드

제가 원해요. 깊이 생각해보았어요.

지금껏, 질투에 사로잡힌 수천 가지 생각에 동요되어,
사실이에요, 공포 없이는 떠올릴 수 없었어요,
바자제께선 사시겠지만, 내 사람은 아니리라는 생각을요.
685 가끔 행복한 연적의 괴로운 영상을
제 마음속에 떠올릴 때면
왕자님의 죽음도(연인들의 미친 걱정을 용서하시기를)
가장 큰 고통으로 여겨지지 않았답니다.
그러나 그땐 당신의 임박한 죽음의 처참함이
690 제 슬픈 눈에 모두 떠오르지 않았던 거지요.
지금 뵈옵듯이, 영영 작별을 고하시려는
당신을 뵌 적이 없었던 거죠.
왕자님, 저는 당신이 얼마나 의연하게
죽음을 맞으려 하시는지 너무도 잘 압니다.
695 알아요, 당신의 가슴은 숨을 거두시면서도
제게 당신의 신의를 증명함을 기쁘게 여기실 것을.
그렇지만 아! 당신보다 겁 많은 영혼을 구해주세요.
당신의 불행을 아탈리드의 기력과 견주어보시고,
연인의 눈물을 마르게 할 가장 쓰라린 고통에

제발 저를 내던지지 말아주세요. 700

바자제

당신은 어찌 되오, 만일 내가 바로 오늘
당신 눈앞에서 그 치명적인 결혼식을 치르게 된다면?

아탈리드

제가 어찌 될지는 생각하지 마세요.
아마 제 운명에 순응하겠지요, 왕자님.
어찌 알겠습니까! 고통에서 마약을 구하겠지요. 705
그리고 아마도 눈물 속에서 생각하겠지요.
당신은 나를 위해 죽기로 결심하셨지만,
당신은 살아 계시고, 결국 그걸 원한 건 바로 나라고.

바자제

아니오. 그대는 결코 그 잔인한 예식을 보지 않을 거요.
당신이 나에게 당신을 저버리라고 하면 할수록, 710
당신의 원대로 하는 것이 당신에게 얼마나 부당한 일인지,
더욱더 확실히 알게 될 뿐이오.
세상에! 그토록 소중한 사랑, 어린 시절에 싹터서,
우리와 함께 침묵 속에서 자라온 그 열정,
오직 내 손만이 그치게 할 수 있었던 그대의 눈물, 715
당신을 떠나지 않겠노라 거듭한 나의 맹세들,
이 모든 것이 배신으로 끝난다고?
내가 결혼하는데, 그 상대가 누구라고?(굳이 말해야만 한다면)

자기 이익에만 집착하는 노예,

720 금방이라도 가할 수 있는 형벌을 내 눈앞에 늘어놓고,

저와 결혼하든지, 아니면 죽이고 말겠다는 그런 사람과?

내가 겪을 위험을 몸소 느끼는 아탈리드,

타고난 혈통답게 너무도 의연한 아탈리드는

나를 위해 자신의 사랑까지 희생하려고 하는데?

725 아! 목숨을 되사는 데 그런 대가가 필요하다면

차라리 그 악착스러운 황제에게 내 목을 가져가라 하시오.

아탈리드

왕자님, 사실 수 있어요, 저를 배신하지도 않고요.

바자제

말해보시오. 그럴 수만 있다면 즉시 따르리다.

아탈리드

황후는 당신을 사랑해요. 그러니까 화가 났어도,

730 왕자님, 당신이 조금만 더 그녀 마음에 들도록 하시면,

당신의 한숨이 그녀에게 막연한 희망을 주어

언젠가는…….

바자제

당신 뜻은 알겠소. 그러나 동의할 수 없소.

내가 오늘 비겁한 절망에 빠져 용기를 잃고,

오를 수도 있는 왕좌를 얻기 위해

735 치러야만 하는 일들이 겁이 나서,

빠른 죽음으로 그것들을 피하려 한다고 생각지 마오.

내가 혹 무분별한 만용에 너무 귀 기울이는지 모르겠소.
어쨌든 우리 혈통의 위대한 이름들에 늘 심취하여
나는 갈망했소. 부당한 무사안일에서 벗어나
그 많은 영웅들 사이에서 한자리를 차지할 수 있기를. 740
그러나 어떤 야망, 어떤 사랑이 나를 불태우든,
사랑에 빠져 쉬 믿어버리는 이를 더 이상 속일 수는 없소.
목숨을 구하기 위해 당신에게 약속해도 소용없소.
내가 그 여자를 기쁘게 하려고 애쓰는 동안,
거짓을 미워하는 내 입과 내 눈이, 745
혼란에 빠져 역효과를 낼 거요.
차가운 한숨에 모욕을 느낀 그녀의 눈길이,
그것이 가슴에서 우러나온 게 아님을 한눈에 간파할 거요.
오, 하늘이여! 얼마나 여러 번 사실을 밝혔을까,
만일 그녀의 증오에 노출될 것이 내 목숨뿐이었다면, 750
그 여자의 질투에 찬 의심이 너무도 쉽게
그대에게까지 미칠 것을 두려워하지 않았다면!
그런데 거짓 약속으로 그 여자를 속이라고?
거짓 맹세를 하라고? 그리고 그런 비열함으로…….
아! 당신 가슴이 이처럼 사랑으로 가득 차 있지 않다면, 755
나에게 그런 부당한 속임수를 쓰라고 하기는커녕
아마 당신이 먼저 그것을 수치스럽게 생각할 거요.
어쨌든 내게 그런 부당한 애원을 하지 않아도 되도록,
안녕히, 나는 이 길로 록산을 만나러 가겠소,

760 자, 이제 당신과 헤어져야겠소.

아탈리드

하지만 나, 나는 당신과 못
헤어져요.
갑시다, 비정한 사람, 가요. 내가 당신을 모시고 가죠.
우리의 비밀 모두, 바로 내가 그녀에게 밝히겠어요.
이렇게 눈물을 흘려도, 격분한 내 연인은
내 눈앞에서 죽는 것이 그리도 좋은 모양이니,
765 록산이 당신 뜻에 반(反)하여 우리 둘을 결합시켜줄 테죠.
그 여자는 당신의 피보다 내 피에 더 목말라할 거예요.
그러면 나는 당신의 놀란 눈에 보여드릴 수 있겠지요,
당신이 내게 마련해주신 그 유혈의 광경을.

바자제

오, 맙소사! 뭘 하려고?

아탈리드

무정한 사람! 제가 당신만큼
770 명예를 중시하지 않는다고 생각하세요?
당신에게 거짓을 말하게 하면서, 수치심으로 달아오른 낯빛이,
백번이나 제 속마음을 드러낼 뻔하지 않았을 것 같아요?
그렇지만 사람들이 당신이 곧 죽을 거라고 하는 거예요.
고마운 줄도 모르는 분, 제가 죽을 것이 확실한 이때,
775 제가 당신을 위해 감행한 일을 당신은 왜 저를 위해 못하

시는 거죠?
조금만 더 부드러운 말 한마디면 충분할지도 모르는데.
록산도 마음속에선 아마 당신을 용서하고 있을 거예요.
왕자님도 그녀가 시간을 주고 있다는 걸 아실 거예요.
당신과 헤어지면서 그녀가 재상을 나가게 하던가요?
경비병들이 제 눈앞에서 당신을 체포하러 왔나요? 780
결국, 격노한 가운데에서도 제게 힘써주기를 간청할 때,[22)]
그녀의 눈물이 제게 그녀의 애정을 알려주지 않았나요?
그녀가 기다리는 것은, 자기 손에서 무기를 떨어트려줄
불확실한 희망 정도일 거예요.
가세요, 왕자님. 당신 목숨과 제 목숨을 구하세요. 785

바자제

좋아요, 하지만 무슨 말을 해야 하오?

아탈리드

아! 어떤 말을 해야 할지는 제게 묻지 마세요.
상황이, 하늘이 당신에게 일러줄 거예요.
가세요. 그녀와 당신 사이에 제가 나타나면 안 돼요.
당신이 동요하든지 아니면 제가 그래서 들켜버릴 거예요. 790
가세요. 다시 한번 말하지만, 저는 거기에 있을 수 없어요.
말하세요……왕자님, 당신을 구하는 데 필요한 말은 모두.

| 3막 |

1 장

아탈리드, 자이르.

아탈리드

자이르, 그래 사실이냐? 그이를 용서한다더냐?

자이르

마마께 말씀드린 대로예요. 한 노예가 다급하게

795 록산의 명을 이행하러 달려와

궁궐의 문에서 재상을 맞이했어요.

둘 다 제게는 아무 말도 안 했지만, 그 어떤 말보다

재상의 얼굴에 나타난 홍분이 말해주고 있었어요.

어떤 다행스러운 변화가 그를 궁궐로 불러들였고
영구적인 평화에 조인하기 위해 왔다는 것을요. 800
록산이 좀더 부드러운 길을 택한 것 같아요.

아탈리드

그렇게 사방에서 즐거움과 기쁨이
나를 버리고, 자이르, 제 갈 길을 가는구나.
나는 할 일을 했어, 그러니 후회는 안 해.

자이르

아니, 마마! 왜 또 괴로워하십니까? 805

아탈리드

그래 자이르 듣지 못하였느냐, 어떤 마력으로
아니 결국 더 정확히 말하자면 어떤 약속으로
바자제가 사태를 그토록 급변하게 했는지?
록산은 화가 나서 누그러지지 않을 것 같았는데.
바자제의 마음을 확실히 보증받았다더냐? 810
말해다오. 결혼한다던?

자이르

그런 말은 전혀 못 들었어요.
하지만 결국 그러지 않고는 목숨을 구할 수 없었다면,
마마 자신이 그분께 명하신 대로 하신다면,
그러니까 한마디로, 결혼하신다면…….

아탈리드

결혼한다면, 자이르!

자이르

815 마마! 그분의 목숨을 구하겠다는 일념으로
마마께서 일러드린 그 너그러운 말씀을 후회하세요?

아탈리드

아니, 아니야. 그분은 할 수밖에 없는 일을 하실 뿐이야.
너무도 집착하는 정(情)들아, 입을 다물어야 하는 것은
너희다.
바자제가 그녀와 결혼하는 것은 내 뜻에 따른 거야.
820 너희를 이겨낸 내 덕성을 존중해다오.
그 고귀한 충언에 너희 말을 섞지 마라.
다른 사람의 품에 안긴 그를 내게 그려 보이지 말고
나의 사랑이 강요한 그 왕좌에 앉으신
모습을 그려보도록 나를 내버려두어라.
825 그래, 나는 내가 누구인지 안다. 나는 언제나 한결같아.
그분이 날 사랑하길 바랐지. 자이르, 그이는 나를 사랑해.
그리고 그분에게 어울리는 존재로서 그분께 만족하며
죽으리라는 이 희망이 적어도 오늘 내게 위안을 주는구나.

자이르

죽는다고요! 아니, 그런 끔찍한 생각을 하시다니요?

아탈리드

830 나는 내 연인을 양보했어, 그런데 너는 놀라느냐!
자이르, 그렇게도 많은 눈물을 예방하고 멎게 하는 죽음을
불행 중 하나로 꼽을 수 있니?

그분이 사시게 하자. 그거면 충분해. 나는 분명 그것을 원했고,
지금도 여전히 원해, 내가 어떤 값을 치르게 되건.
내 기쁨이나 내 고통 따위는 아무 상관 없어. 835
그분을 포기할 수도 있을 만큼 사랑하는 거야.
그렇지만, 아아! 그분도 응당 생각할 수 있으리라.
그분을 위해 그처럼 큰 희생을 치를 수는 있었어도,
그분의 목숨을 위해 그렇게 처절한 배려를 한 이 마음은,
차마 그걸 지켜보기엔 너무도 그를 사랑한다는 것을. 840
가자꾸나, 알아야겠어…….

자이르

진정하세요, 제발,
일이 어떻게 되어가고 있는지 알리러 누가 옵니다.
재상이십니다.

2장

아탈리드, 아코마, 자이르.

아코마

마침내 우리 연인들이 화해했습니다.
마마, 다행히 폭풍이 잦고 우린 다시 항구에 들어왔어요.

845 황후께서 노여움을 푸셨습니다.
당신의 결단을 제게 천명하셨어요.
황후께서는 겁에 질린 백성들에게
두려운 선지자의 깃발을 내보이시고,
바자제가 제 뒤를 따라 진군할 준비를 하시면,
850 그동안 저는 그것이 무슨 신호인지 주지시키고,
모두의 마음을 마땅한 공포로 채운 뒤에
마침내 새로운 황제의 등극을 선포할 것입니다.
하지만 이런 제 열성의 보답으로 약속한 대가를
당신의 기억에 새롭게 상기시키는 걸 허락해주십시오.
855 제가 저 연인들의 마음에서 일어나는 걸 본,
그런 달콤한 걱정을 기대하진 마십시오.
그러나 제 나이에 더 걸맞은 다른 배려로,
저희가 우리 황제의 혈통에 마땅히 바쳐야 하는
깊은 존경과 오랜 복종으로,
860 제가 해드릴…….

아탈리드

그건 차차 알게 해주실 수 있겠지요.
당신 또한 차차 저에 대해 알게 되실 테고요.
그런데 그분들이 보여준 걱정이 어떤 건데요?

아코마

마마, 서로에게 매혹되어 있는 두 젊은이의
열렬한 사랑의 탄식을 의심하십니까?

아탈리드

아니요. 그렇지만 사실, 그 기적이 놀랍군요. 865
어떤 대가로 록산이 그분을 용서했는지 들으셨나요?
결국 그분이 결혼하시나요?

아코마

마마, 그럴 줄로 압니다.
제 앞에서 일어난 일을 모두 말씀드리지요.
고백하지만, 저는 두 사람 모두 격노한 것에 놀라
연인들, 사랑, 운명에 대해 개탄하면서 870
절망한 채 궁궐을 빠져나갔습니다.
일찍부터 항구에 준비시켜놓은 배 위에,
그나마 남은 찌꺼기 중에서 가장 귀한 유품을 실으면서
이국 땅으로 도망칠 궁리를 하고 있었습니다.
이런 침통한 계획 중에서 궁으로부터 부름을 받자, 875
저는 기쁨과 희망에 가득 차, 뛰어서, 날아서 왔습니다.
제가 왔다고 고하니 궁궐 문이 열리더군요.
그리고 한 여자 노예가 내 눈앞에 나타나,
록산께서 주의 깊게 연인의 말을 듣고 계신 별궁으로
소리도 없이 저를 인도했습니다.[23] 880
모두 그분들 앞에서 숙연한 침묵을 지키고 있었습니다.
저 자신도 다급한 마음을 억누르고,
그분들이 비밀스러운 대화를 나누시도록 멀리서
오랫동안 꼼짝도 않고 지켜보기만 했습니다.

885 그러다가 마침내 황후께서 마음을 담은 눈길을 보내시며
당신 열정의 증표로 손을 내미셨습니다.
그러자 바자제도 사랑이 가득 담긴 웅변적인 시선으로,
그분에게 자기 사랑을 확약하셨습니다.

아탈리드

아아!

아코마

그러고 나서야 두 분은 저를 알아보셨어요.
890 황후께서 말씀하셨습니다. "자, 경의 군주이자 우리의 군주시오.
용감한 아코마, 이분을 당신 손에 맡기오.
가서 이분에게 군주의 명예를 준비해드리시오.
백성들에게 성전에서 이분을 기다리라고 하시오.
궁정이 곧 그대에게 모범을 보여줄 것이오."
895 그래서 저는 바자제의 발아래 엎드렸습니다.
그리고 곧바로 그분들의 눈을 벗어나 달려왔지요.
지나는 길에 당신께, 있는 그대로 소상히,
그분들의 화해 소식을 들려드리고,
당신께 저의 깊은 경의를 표할 수 있어 너무나 기쁩니다.
900 전 그분께 황제의 관을 씌우러 갑니다, 마마, 장담합니다.

3장

아탈리드, 자이르.

아탈리드

가자, 물러가자꾸나, 그들의 기쁨을 방해하지 말고.

자이르

아! 마마! 믿으세요…….

아탈리드

내가 뭘 믿기를 바라는데?

뭐냐, 대체? 그 광경을 보러 얼굴을 내밀라는 말이냐?
다 끝났다는 걸 너도 알지. 그들이 결혼한단다.
황후는 만족하고 있어. 그분이 사랑한다는 확신을 주니까. 905
그래도 나는 불평하지 않는다. 나 자신이 원한 일이니까.
그렇지만 너는 믿었니? 그가 자기 마음을 고집하며
사랑에 가득 차서 나를 위해 희생하려 했을 때,
조금 전, 내게 자신의 사랑을 보여주면서
록산에겐 단순한 약속조차 주길 거부할 때, 910
내가 눈물로 그분의 마음을 움직이려고 헛되이 노력할 때,
그 눈물이 별 효력이 없는 것을 내심 기뻐하고 있을 때,
내게 보여준 모습과는 정반대로, 그의 가슴이
그 여자를 설득할 그리도 대단한 웅변을[24] 찾아냈다는 걸?
아! 아마 결국, 그리 애쓰지 않고도 915

자기가 말할 것을 모두 생각해낼 수 있었던 거지.
아마 눈으로 보자, 그 여자에게 더 민감해져서,
그녀의 눈에서 어떤 새로운 매력을 느꼈을 거야.
그녀는 자기 고통을 그분 앞에 펼쳐놓았겠지.
920 그녀는 그분을 사랑해. 제국이 그녀의 눈물에 위엄을
부여하고,
지극한 사랑은 결국 고귀한 영혼을 감동시키지.
아아! 불행한 여자에게 불리한 이유가 너무 많구나!

자이르

그러나 마마, 결과는 아직 확실한 게 아니에요.
기다리세요.

아탈리드

아니야. 모르겠니? 부정해봐야 소용없어.
925 내가 좋아서 나의 비참함을 부풀리는 게 아니야.
살기 위해 그러실 수밖에 없었다는 걸 알아.
눈물로 내가 그분의 발길을 록산에게 돌리려 했을 때,
그분이 내 말을 듣지 않으시기를 바랐던 건 결코 아니야.
하지만 나는 알아. 그토록 애절한 작별 인사 뒤에,
930 그토록 애정 어린 괴로움의 온갖 격정 뒤에,
방금 내가 전해 들은 기쁨과 격정을
그녀에게 보여주셨을 리 없다는 것을.
너 스스로, 우리 둘에 대해 생각해봐, 내가 틀렸니?
어째서 이 계획에서, 나만 제외된단 말이냐?

바자제의 운명에 내가 그렇게 상관없는 존재란 말이냐? 935
그의 마음속의 너무나 당연한 가책 때문에
아아! 여기로 오지 못하시는 것이 아니라면,
그분이 나를 찾아오는 데 이렇게 지체하시겠느냐?
아니야 결단코, 그분에게 이런 심려를 끼치고 싶지 않아.
더 이상 그분을 안 만날 거야. 940

자이르

마마, 그분이 오십니다.

4 장

바자제, 아탈리드, 자이르.

바자제

됐어요. 말했어요. 당신이 명한 대로.
이제 그대는 더 이상 내 목숨을 걱정하지 않아도 되오.
만일 내가 치러야 했던 대가에도 불구하고
그 어떤 행복을 맛보는 게 가능하다면,
은밀히 나를 정죄하는 이 혼란스러운 마음이 945
록산처럼 나를 용서할 수만 있다면, 행복하련만.
그러나 어쨌든 내 손에는 무기가 쥐어져 있구려.
나는 자유요. 이젠 몰인정한 형에게 대항할 수 있소.

당신 책략의 일환인 침묵으로
950 그의 애인의 마음을 놓고 다투는 대신,
진짜 전투를 통해, 진짜 고상한 위험을 통해,
나 스스로 외국에 있는 그를 찾아가서,
백성과 군대의 마음을 차지하기 위해 겨루고
민심을 우리 둘의 심판자로 삼을 수 있단 말이오.
955 아니, 뭐요? 무슨 일이오? 우는 거요?

아탈리드

아닙니다, 왕자님.

당신의 행복에 대해 불평하는 게 아니에요.
하늘이, 의로운 하늘이 당신께 이런 기적을 베풀었어요.
당신은 제가 결코 그것을 방해한 적 없음을 아십니다.
당신 눈이 증인이에요, 제게 숨이 붙어 있는 동안,
960 오직 당신께 닥친 위험만이 제 근심의 전부였음을.
그 위험은 제 목숨과 더불어서만 끝날 수 있으니,
그 또한 미련 없이 바칠게요.
사실, 만일 하늘이 저의 소원을 들어주었다면,
이보다 나은 죽음을 허락해주었겠지요.
965 당신이 제 연적과 결혼하지 않을 거란 말은 아니에요.
부부의 맹세로 그 여자를 안심시킬 수는 있었겠죠.
다만 당신은 그 남편이라는 호칭에, 그녀에게 주신
그 모든 사랑의 보증들을 덧붙이지는 않았겠지요.
록산은 그 정도로도 충분히 보상받았다고 여겼을 것이고,

그랬으면 저는 죽으면서도 이런 달콤한 생각을 하겠지요. 970
저 스스로 당신에게 그런 명령을 내려
내 생각으로 가득 찬 당신을 록산에게 보냈다고.
당신의 사랑을 전부 저승으로 가지고 가니
그 여자에게 남겨준 것은 당신의 몸이지 연인은 아니라고.

바자제

남편이니, 연인이니, 무슨 말이오? 975
오, 하늘이여! 그런 말을 하는 근거가 무엇이오?
누가 당신에게 그런 가당치 않은 이야기를 했소?
내가, 록산을 사랑할 거라느니, 그 여자를 위해 살 거라느니,
마마, 아! 생각은 차치하고, 입으로만이라도
그런 말을 발설할 수 있으리라고 믿소? 980
그렇지만 결국 생각도, 말도 전혀 필요 없었소.
황후는 보통 때의 자기 기질대로 했던 것이오.
내가 돌아온 것을 보고 지레 속단하여
내 사랑을 나타내는 확실한 증표로 여겼는지,
너무도 촉박한 시간이 그녀를 굴복하게 만들었는지, 985
아무튼 내가 입을 열자마자, 내 말은 듣지도 않고,
성급한 눈물로 내 말을 잘라버렸소.
그녀는 자신의 운명, 자신의 목숨을 내 손에 맡기고,
결국 나의 감사를 신뢰하면서,
반드시 결혼하게 될 것이라는 희망을 품게 된 거요. 990

나 자신, 너무도 쉽게 믿는 그녀의 순진함,
그토록 다정한, 그토록 내게 당치 않은 사랑에
수치심으로 낯을 붉히며,
록산이 또다시 너무 열렬한 사랑 탓으로 오인한 당황 속에서,
995 나는 나 자신이 야만스럽고, 부당하고, 죄 짓는 것 같았소.
믿어주오. 그 잔인한 순간에 내가
끝까지 거짓된 침묵을 지키기 위해
아탈리드를 향한 내 사랑 전부를 기억해야 했음을.
그런데 그런 고역을 치른 후에
1000 내 모든 회한을 달래줄 약간의 위안을 찾으러 왔건만,
당신마저 나에게 화를 내며,
내 혼란된 영혼을 탓하며 죽겠다고 하는구려.
결국 그렇군. 이 순간, 내가 무슨 말을 하든지,
당신 마음에 가 닿지 않는군요.
1005 마마, 끝냅시다. 나의 불안도 당신의 불안도.
공연히 서로 괴롭히지 맙시다.
록산은 멀리 있지 않소. 내 소신대로 하게 해주오.
그대에게나 나 자신에게나 훨씬 더 만족스러워하며
그녀의 사랑이 속은 억지 가장을 깨우쳐주겠소.
1010 어차피 차후엔 내 생각을 위장하지 않으려 했소.
그녀가 오는군.

아탈리드

맙소사! 무슨 일을 당하려고 이러시나?
저를 사랑하신다면, 그녀에게 밝히지 말아주세요.

5 장

바자세, 록산, 아탈리드.

록산

오세요, 왕자님, 오세요. 모습을 보일 시간이에요.
궁궐 전체에게 주인이 누구인지 알게 하십시다.
궁궐에 살고 있는 수많은 백성이 모두, 1015
내 명령으로 모여 내 의사를 기다리고 있어요.
매수해놓은 내 노예들은 내 사랑이 당신에게 넘겨주는
첫 번째 신하들이고, 나머지도 그들을 따를 거예요.
이럴 줄 아셨소, 공주 마마? 그렇게 빨리 마음을 돌이켜,
그 같은 분노 뒤에 이 같은 사랑이 뒤따르게 하리라고? 1020
조금 전까지만 해도 복수를 하리라 단호히 결심하고,
바자제는 생애 최후의 날을 보고 있다고 장담했지요.
그러나 바자제께서 내게 말을 걸자마자,
사랑이 한 맹세를 사랑이 어겼다오.
그의 혼란 속에서 언뜻 그의 애정을 본 것 같았기에, 1025

그를 용서하겠노라 말했고, 그의 약속을 믿기로 했다오.

바자제

그렇습니다, 마마께 약속하고 맹세했습니다.
마마의 은혜를 결코 잊지 않겠다고.
저의 변함없는 존경, 저의 당연한 호의가
1030 언제나 저의 감사를 보증할 것이라고 맹세했습니다.
만일 이만한 대가가 마마의 은혜에 값하는 것이라면,
당신 선의의 결과를 기다리고 있겠습니다.

6 장

록산, 아탈리드.

록산

아니 이럴 수가! 이 어인 놀라움이 나를 후려치는가?
꿈인가? 내 눈이 잘못 본 건 아닌가?
1035 이 침울한 대접, 저 쌀쌀한 말은 무엇인가,
마치 앞서 있었던 일을 모두 철회하는 것 같지 않은가?
어떤 희망을 근거로 그는 내가 항복했다고,
잃었던 내 우정을 되찾았다고 생각하는 거지?
맹세한 줄 알았어, 나에 대한 그의 사랑이 죽을 때까지
1040 나를 자기 운명의 주인으로 삼을 거라고.

그런데 벌써 내 마음을 가라앉힌 걸 후회하는가?
아니 나 자신이 방금 전에 착각을 했던 것일까?
아!……그는 그대에게 말하고 있었소. 무슨 이야기였소,
마마?

아탈리드

저에게요, 마마! 그분은 여전히 마마를 사랑하세요.

록산

내가 그걸 믿는 건 적어도 그의 목숨이 날린 문제지. 1045
하지만 기뻐할 일이 이토록 많은 터에,
대답해보시오. 그가 나가면서 내게 보인
그 우울한 모습은 어쩐 일이오?

아탈리드

마마, 우울 같은 것은 제 눈에 띄지 않았는데요.
그분은 마마가 베푸신 은혜를 길게 이야기했습니다. 1050
그분은 온통 그 은혜로 충만해 있는 것처럼 보였어요.
제 눈엔 오실 때와 같은 모습으로 나가신 것 같은데요.
그렇지만 마마, 어쨌든, 놀라야 할 일일까요?
이같이 중대한 일을 마무리하려는 순간에
불안해하며, 필시 그분을 사로잡고 있을 1055
걱정의 기색을 내비치신다고 해서?

록산

참으로 능란하게 그를 변호하는구려.
그를 위해 말하는 데는 마마가 그 자신보다 낫소.

아탈리드

그렇다고 무슨 딴 생각이 있는 것은…….

록산

마마, 됐소.

1060 그런 이유들은 나도 당신 생각보다 훨씬 더 잘 알고 있소.

물러가시오. 잠시 혼자 있고 싶으니.

오늘 또한 나를 불안 속에 던져 넣는구려.

나도 바자제처럼, 나만의 괴로움과 근심이 있소.

그러니 홀로 그것에 대해 생각해봐야겠소.

7 장

록산.

록산

(독백)

1065 내 눈에 보이는 것 모두 어떻게 생각해야 하나?

두 사람 모두 나를 속이기 위해 모의한 걸까?

그 표변, 그 말은 뭐고, 그렇게 떠나는 것은 또 뭐지?

서로 눈길을 주고받는 것까지 보지 않았던가?

당황한 바자제! 놀란 아탈리드!

1070 오, 하늘이여! 당신이 내게 이런 치욕을 선고했나요?

내 눈먼 사랑의 열매가 이것이었습니까?
하고많은 괴로운 날, 하고많은 불안한 밤,
계략, 음모, 숙명적인 배신, 이 모든 것을
고작 연적을 위해 도모했단 말입니까?
그렇지만, 어쩌면 너무 쉽게 상심한 나머지 1075
잠깐 우울했던 것을 과장하는 것일 수도 있어.
변덕의 결과를 가지고 사랑을 의심하고 있는 거야.
위장이었다면 끝까지 밀고 나가지 않았을까?
곧 그 가장(假裝)의 성공적 결과를 보게 될 그가
왜 한순간 더 거짓을 꾸미지 않았겠는가? 1080
그래, 아니야. 안심하자. 너무 사랑하는 나머지 겁이 많아진 거야.
게다가 왜 그의 마음에 아탈리드가 있으리라고 걱정해?
그렇다면 그의 의도가 뭐겠어? 그 여자가 그를 위해 한 게 뭐야?
우리 둘 중 누가 오늘 그에게 왕관을 씌워주는데?
하지만, 슬프구나! 사랑의 위력을 우리가 모르는가? 1085
아탈리드가 어떤 다른 매력으로 그를 사로잡고 있다면,
우리 덕에 왕홀(王笏)과 목숨을 얻는 것이 대수겠는가?
사람의 마음속에서 호의가 사랑과 겨룰 수 있는가?
멀리 갈 것도 없이, 배은망덕한 자가 내 마음을 사로잡았을 때,
나는 그의 형이 베푼 은혜를 더 잘 기억하고 있었던가? 1090

아! 그가 다른 사슬에 묶여 있지 않았는데도,
결혼하자는 내 제의에 그토록 놀랐을까?
거리낌 없이 내 소망을 북돋아주지 않았겠는가?
목숨을 걸고까지 그것을 거부했을 리가 있는가?
1095 너무도 많은 합당한 이유들이……. 그런데 누가 말하러
오는데?
무슨 일이냐?

8 장

록산, 자팀.

자팀

심려를 끼쳐드림을 용서하소서.
하오나, 마마, 군대에서 노예 하나가 왔습니다.
바다로 향한 문은 잠겨 있었지만
마마께 보내는 황제의 명을 받들어
1100 보초들은 지체 없이 무릎을 꿇고 문을 열었습니다.
하온데, 놀랍게도, 황제께서 보낸 이는 바로 오르캉입니다.

록산

오르캉이라고!

자팀

예. 황제께서 부리시는 이들 중에서도,
오르캉은 가장 충직하게 그분 뜻을 받드는 자요,
가장 검은 아프리카인들이 사는 불타는 하늘 아래에서 태어난 자이지요.
마마, 그가 황급히 마마께 알현을 청하고 있습니다. 1105
그러나 저는 마마께 미리 알려드려야겠다고 생각하고,
무엇보다 마마 앞에 불쑥 나타나지 못하게 하기 위해
그의 발을 마마의 처소에 묶어두었사옵니다.

록산

어떤 예기치 못한 불행이 또 나를 혼란스럽게 하려는 걸까?
무슨 명령일까? 그리고 나는 어떻게 응해야 하지? 1110
틀림없어, 황제는 불안한 나머지,
바자제를 죽이라고 재차 강요하는 걸 거야.
내 명령 없이는 그 누구도 그의 목숨에 손댈 수 없다.
여기서는 모두가 나에게 복종해. 하지만 내가 그를 보호해야 하나?
누가 나의 황제지? 바자제? 아뮈라? 1115
나는 하나를 배반했어. 그런데 다른 하나는 배은망덕한 자인 것 같아.
시간이 없다. 이 불길한 의심 속에서 어찌하지?
가자, 우리에게 남아 있는 시간을 잘 활용하자.
그들이 숨겨보았자 소용없어. 아무리 신중한 사랑도

1120 어떤 표식으로건 그 비밀을 흘리기 마련.
바자제를 살펴보고, 아탈리드를 덮쳐보자.
연인이면 왕관을 씌워주되, 배신자라면 없애버리자.

| 4막 |

1장

아탈리드, 자이르.

아탈리드

아! 내가 얼마나 두려운지 아느냐? 여기서 내가
그 포악한 오르캉의 혐오스러운 얼굴을 마주친 걸 아느냐?
이 치명적인 순간에 그가 오다니, 너무도 두렵구나! 1125
너무 무서워……. 그런데, 바자제는 뵈었느냐?
뭐라고 하시더냐? 자이르, 그분이 내 말에 승복하시더냐?
록산을 만나서 의심을 가라앉히겠다고 하시더냐?

자이르

록산의 명령 없인 이제 그분은 록산을 만나실 수 없어요.

1130 록산이 그리 지시하면서 바자제 님더러 기다리라고 하셨습니다.

그 노예로부터 그분을 숨겨주시려는 것일 테지요.

저는 그분을 뵙고도 그분을 뵈러 간 게 아닌 척했어요.

마마의 편지를 전하고 답장을 받아왔습니다.

마마, 뭐라고 답을 주셨는지 보세요.

아탈리드

(읽는다)

1135 *그리도 많이 옳지 못한 술수를 부렸는데,*

당신 사랑은 내게 다시 거짓을 꾸미라고 해야만 하오?

하지만 그대의 목숨이 달려 있다고 강변하니

나는 기꺼이 이 목숨을 돌보려 하오.

황후를 만나리다. 만나서 환심을 사고,

1140 *다시 고마워하는 내 마음을 맹세해서*

할 수 있다면 그녀의 노여움을 가라앉히겠소.

더 이상은 내게 강요하지 마오. 죽음도, 당신조차도,

결코 그 여자를 사랑한다고 말하게 하지는 못할 거요.

나는 영원히 오직 당신만을 사랑할 테니.

1145 슬프구나! 무슨 말씀이신가? 내가 그걸 모를 거라고 생각하시나?

그분이 나를 사랑하고 애모하심을 내가 모른단 말인가?

내 소원에 이렇게 마지못해 응하시는 것인가?
설득해야 할 사람은 내가 아니라 록산인데.
나를 또 어떤 두려움에 사로잡히게 하시는 것인가?
죽음을 부르는 맹목이여! 위험한 질투여! 1150
사실이 아닌 이야기,[25] 감출 수 없었던 의심들,
너희 말을 들었어야 했나, 아니 그것들을 말했어야 했나?
엎질러진 물이다. 복이 지나쳐서 기대를 넘쳐버렸구나.
나는 사랑받아 행복했고, 록산은 만족했는데.
자이르, 할 수만 있다면 다시 가다오. 1155
가라앉히겠다, 이 말로는 부족해.
입, 눈, 모든 것으로 그녀를 사랑한다는 걸 확신시키시라
고 해라.
그녀가 완전히 믿도록 해야 해. 내가 직접,
그분의 미적지근한 배려를 내 눈물로 뜨겁게 덥히면서,
내가 느끼는 사랑을 모두 그분의 말에 넣어드릴 수 있으 1160
면 좋으련만.
하지만 그러다가 그분을 또 다른 위험에 처하게 할까 두
렵구나.

자이르

록산이 마마께 오고 있습니다.

아탈리드

아! 편지를 숨기자.

2장

록산, 아탈리드, 자팀, 자이르.

록산

(자팀에게)

오너라. 그 명령을 받았다. 그녀를 겁주어야겠다.

아탈리드

(자이르에게)

가라, 뛰어라. 결단코 그분을 설득해야 한다.

3장

록산, 아탈리드, 자팀.

록산

1165 마마, 진영에서 편지가 왔소.

거기 소식을 소상히 들으셨소?

아탈리드

진영에서 노예가 왔다더군요.

그 밖에는 모릅니다.

록산

아뮈라는 운이 좋습니다. 전운이 변했소.

마마, 바빌론이 그의 지배하에 들어갔소. 1170

아탈리드

그럴 리가요, 마마? 오스맹은…….

록산

오스맹이 잘못 안 거요.

노예는 그가 떠나온 후에 출발했던 거요.

다 끝났소.

아탈리드

이 무슨 변고인가!

록산

설상가상으로

황제가 노예를 보낸 뒤, 뒤따라 출발했다 하오.

아탈리드

예? 그럼 페르시아 군대가 그를 붙잡고 있지 않다는 말 1175

씀인가요?

록산

그래요, 마마. 우리를 향해 성큼성큼 돌아오고 있소.

아탈리드

어찌하옵니까, 마마! 기필코

하시려던 일을 신속히 마무리 지어야 합니다!

록산

승리자에게 맞서고자 하기에는 너무 늦었소.

아탈리드

1180 오, 하늘이여!

록산

시간이 흘렀어도 그의 냉혹함은 완화되지 않았소.

내 손에 있는 것이 그의 최종 명령이오.

아탈리드

하오면 무슨 명령을 내렸습니까?

록산

보시오, 직접.

마마, 서체와 서명을 알아보실 테니.

아탈리드

잔인한 아뮈라의 필적이 분명합니다.

(읽는다)

1185 *바빌론이 내 힘을 시험하기 전에*

그대에게 나의 엄명을 전달했소.

그대의 복종을 의심하고 싶지 않으니,

지금은 바자제가 살아 있지 않으리라 믿소.

바빌론을 내 휘하에 굴복시키고

1190 *떠나면서 나의 최종 명령을 확인하는 바이오.*

그대, 만일 그대 자신의 목숨을 염려한다면,

그의 머리를 손에 들지 않고는 내 앞에 나타나지 마시오.

록산

어떻소?

아탈리드

눈물을 감춰라, 불행한 아탈리드여.

록산

어찌 생각하오?

아탈리드

근친 살해 계획을 고집하고 있군요.

그런데 자기가 의지가지없는 왕자를 제거하는 줄 아나 1195

봅니다.

그분을 위해 변호하는 마마의 그 사랑을 모르고 말이에요.

마마와 바자제 두 분이 하나의 영혼이고,

차라리, 그래야 한다면, 마마께선 목숨도 버리…….

록산

내가요, 마마?

그를 구하고는 싶소, 그를 미워할 수 없으니.

그렇지만……. 1200

아탈리드

하오면? 어떤 결단을?

록산

복종하기로.

아탈리드

복종하기로!

록산

아니면 이 같은 극도의 위험 상황에서 어찌한
단 말이오?
그럴 수밖에 없소.

아탈리드

뭐라고요! 그 사랑스러운 왕자님이……
마마를 사랑하는데,
마마께 바친 목숨이 끊어지는 걸 보시다니!

록산

어쩔 수 없소. 벌써 명령을 내렸소.

아탈리드

1205 나는 죽는다.

자팀

쓰러져 겨우 숨만 붙은 것 같습니다.

록산

가라, 그 여자를 옆방으로 데려가거라.
하지만 지켜보아라. 그녀의 시선, 말 등등
저들의 불충한 사랑을 증명해줄 모든 것을.

4장

록산.

록산

(독백)

마침내 내 연적이 내 눈앞에서 본색을 드러냈구나.

내가 믿었던 약속이란 게 이런 것이었구나! 1210

여섯 달 내내 믿고 있었어, 밤이고 낮이고,

그녀가 열렬히 내 사랑을 위해 노심초사하고 있다고.

그런데 바로 나로구나, 충직한 시종이 되어

여섯 달 동안 오직 그녀를 위해 불철주야 애쓴 꼴이 된 것은,

그렇게도 여러 번 그녀의 행복한 밀담을 용이하게 해주려고 1215

방법을 찾는 데 심혈을 기울인 것은.

나아가 그녀가 바라는 것을 미리 배려하기까지 하며

그녀 생애에서 가장 달콤한 순간들을 앞당겨준 것은.

그것으로 다가 아니야. 그녀가 그 불충한 짓에서

제가 원한 것을 얻어냈는지 당장 알아야 해. 1220

반드시……. 하지만 무엇을 더 알아낸단 말인가?

내 불행이 그녀의 얼굴에 씌어 있지 않던가?

충격을 받아서 혼절할 때 보지 못했어?

괴로운 중에도 제 애인에겐 아무 불만이 없던 것을.
1225 나를 괴롭히는 의혹 따위는 갖고 있지 않으니,
그녀가 안절부절못한 것은 오직 그의 목숨 때문이다.
상관없어. 더 알아보자. 그녀도 나처럼,
기만적인 증표를 믿고, 그의 약속을 신뢰하고 있는지도 모르지.
그가 본심을 밝히도록, 함정을 파보자.
1230 하나, 무슨 당치 않은 일을 나 자신에게 짐 지우는가?
대체 뭔가? 나 자신을 고문하는 데 기력을 써가며,
내 눈앞에서 그자의 멸시가 폭발하게 하러 간단 말인가?
그자가 먼저 알아채고 내 계략을 따돌릴 수도 있지.
게다가 어명이, 노예가, 재상이 나를 재촉하고 있다.
1235 결단을 내려야 해. 다들 나를 기다리고 있어. 더 나은 방도를 택하자.
내가 본 모든 것에 차라리 눈을 감아버리는 거야.
저들의 사랑에 대한 성가신 조사는 그만두자.
배은망덕한 자를 끝까지 밀어붙여, 운명을 시험해보자.
내 덕으로 왕좌에 오른 후에,
1240 감히 저를 구해준 사랑을 배신할지,
그리하여 내게서 받은 은혜를 비열하게도 후하게 써서,
그 손으로 내 연적에게 왕관을 씌우는지 두고 보자.
필요하다면, 연적과 연인을 벌할 기회는
얼마든지 다시 찾을 수 있으리라.

나의 이 정당한 분노 속에서 배덕자를 관찰하여 1245
그가 아탈리드와 함께 있는 현장을 덮칠 수 있으리라.
그러면 같은 칼로 두 연놈을 결합시키며,
그 둘을 하나하나 찌른 뒤, 나 자신도 그들 뒤를 따르리라.
이것이 바로 내가 취할 길이니, 의심치 말자.
다 모르고 싶다. 1250

5장

록산, 자팀.

록산

아! 무엇을 알려주러 왔느냐,
자팀? 바자제가 그녀를 사랑하더냐?
말을 들어보니 그들이 서로 내통하는 것 같더냐?

자팀

전혀 말을 하지 않았습니다. 정신을 잃은 채,
마마, 목숨이 붙어 있는 기색이라고는 오로지
긴 한숨과 신음을 토하는 것뿐인데, 1255
그때마다 심장까지 따라 나올 것 같습니다.
그녀를 돌보는 마마의 시녀들이 앞 다투어
숨길을 터주느라고 앞섶을 열어놓았죠.

저도 열심히 그 일을 도와주다가
1260 품에 감춰진 이 편지를 발견했어요.
마마의 연인이신 왕자님의 필적이기에,
마마의 손에 전해야겠다고 생각했습니다.

록산

이리 다오. 왜 이렇게 떨리지? 무슨 돌연한 불안이
이것 때문에 나를 얼어붙게 하고 내 손을 떨게 하는 거지?
1265 날 모욕하지 않고도 편지는 쓸 수 있다.
오히려……. 어쨌든 읽어보자. 무슨 생각을 하고 있는지.
…… *죽음도, 당신조차도,*
결코 그 여자를 사랑한다고 말하게 하지는 못할 거요.
나는 영원히 오직 당신만을 사랑할 테니.
아! 드디어 배반의 확증을 잡았구나.
1270 나를 유혹한 미끼를 알겠다.
그래 이것이 내 사랑에 대한 보답이었니?
비열한 놈, 내가 붙여준 목숨 값도 안 되는 놈!
아! 이제야 숨이 트인다. 기쁘기 한량없다.
일단 배신자가 마각을 드러냈으니.
1275 나를 얽맬 뻔한 그 가혹한 근심에서 벗어나,
냉정한 분노로 복수만 하면 되는 거야.
그는 죽어야 해. 복수하자. 뛰어가라, 그놈을 잡아와.
벙어리들에게 그를 처형할 채비를 하라고 해라.
와서, 놈 같은 자들의 목숨을 끊어버릴

저 불운한 노끈을 준비하라 일러라. 1280
달려가라, 자팀. 즉시 내 분노를 받들어 거행하라.

자팀

아, 마마!

록산

뭐냐, 대체?

자팀

마마의 노여움은 지당하신 것이오나,
마마의 심기를 너무 상하게 해드리지 않고,
감히 마마께 한말씀 올린다면,
바자제는, 사실 도저히 목숨을 부지할 가치가 없는 자로, 1285
벙어리들의 가차 없는 손에 넘겨져야 마땅합니다.
하오나, 그가 아무리 배은망덕한 자이더라도, 오늘
그보다 더 무서운 사람은 아뮈라가 아니겠습니까?
게다가 누가 압니까, 어떤 불충한 입이 벌써
마마의 사랑을 그에게 고해바쳤는지? 1290
마마도 잘 아시듯이, 그분 같은 이들의 마음은
한번 모욕을 당하면 돌이킬 수가 없습니다.
이처럼 가혹한 순간에는 가장 신속하게 처형하는 것이
그들이 가장 좋아하는 애정 표시입니다.

록산

얼마나 무례하게, 얼마나 잔인하게, 두 연놈은 1295
쉽게 믿는 내 마음을 농락했는가!

연놈을 믿으면서 나는 얼마나 많은 호감과 기쁨을 느꼈던가!
넌 대단한 승리를 거둔 것도 아니야. 배은망덕한 놈,
사랑에 사로잡혀, 스스로 착각에서 깨어나길 두려워하는
1300 이 가슴을 함부로 이용했다고 해서 말이지.
너는 그렇게 위장할 필요조차 없었던 거야.[26)]
그래도 너를 좋게 평가해주고 싶어 하는 말인데,
단언컨대, 너 자신, 꽤 오래 부끄러워하리라.
그렇게 헐값을 지불하고 이렇게 큰 사랑을 속였다는 걸.
1305 너의 나날을 둘러싸고 있는 위험들에
평온하고 복된 날들을 주고 싶어서,
나를 이렇게 자랑스럽게 해준 이 높은 지위에서,
불행 중에 있는 너를 먼저 찾아갔던 나인데,
그토록 많은 호의와 배려, 지극한 열정을 보고도,
1310 나를 사랑한다는 말은 입 밖에도 낼 수 없다고!
그런데 나는 대체 무슨 추억을 헤집고 있는 거냐?
울고 있니, 불쌍한 여자야? 아! 헛된 욕망에 밀려 파멸로 나아가며,
그를 보겠다는 생각을 처음 품었던,
그때 울었어야지.[27)]
1315 우는 거니? 그런데 그 배은자는, 속일 준비를 단단히 하고,
너를 현혹시킬 이야기를 만들고 있는 중이야.
네 연적을 기쁘게 하려고, 제 목숨을 돌보고 있는 거야.

아! 배신자, 너는 죽어야 해! 아니! 아직도 가지 않았느냐?
가라. 아니 함께 가자, 걸음을 재촉하자.
사형 준비를 꼼꼼히 감독하는 나를 보여주고, 1320
제 형의 명령과 너무도 확실한 배신의 증거[28]를
한꺼번에 내놓는 내 모습을 보게 하자.
너, 자팀, 너는 내 연적을 여기 붙잡아두어라.
죽으면서 놈이 들을 작별 인사가 그 여자의 비명뿐이도
록.[29]
그동안은 그 여자를 충실히 섬기도록 해라. 1325
잘 돌봐줘. 내 증오는 그녀의 목숨을 필요로 하니까.
아! 제 연인의 일이라면 금방 상심하여
그가 죽을 거라는 공포만으로 거의 죽을 지경이 되는데,
이제 곧 그 여자 앞에 핏기 없이 죽은 그를 내놓고,
그 몸뚱이에 못 박힌 그 여자의 시선이 1330
저들이 내게 빚진 기쁨의 대가를 치르는 것을 보면
복수와 새로운 달콤함이 얼마나 더 크겠는가?
가라, 그 여자를 붙잡아둬. 무엇보다 입 다물고 있도록
명심해.
나는……. 한데 내 복수를 지연시키러 오는 자가 누구냐?

6 장

록산, 아코마, 오스맹.

아코마

1335 뭐 하십니까, 마마? 이 소중한 날,

어인 지체로 촌각을 낭비하고 계십니까?

제 노력으로 비장스의 사람 거의 모두가 모여

두려워 떨며 자기 대장들에게 영문을 묻고 있습니다.

제 동지들을 비롯해 모두들 전말을 밝히려고,

1340 마마께서 제게 약속하신 신호[30]만 기다리고 있습니다.

어인 일로 궁궐은 저들의 초조함에 답하지 않고,

슬픈 침묵만 지키고 있습니까?

뜻을 밝히소서, 마마. 더 이상 늦추지 마시고…….

록산

알겠소, 경의 원대로 될 것이오. 곧 내 뜻을 밝히겠소.

아코마

1345 마마, 마마의 그 시선, 그 준엄한 음성은, 말씀과는 달리,

그 반대일 것 같은 확신이 들게 하니, 어인 일이옵니까?

아니! 마마의 사랑이 벌써 장애에 굴복하여…….

록산

바자제는 배신자요, 너무 오래 살았소.

아코마

그분이!

록산

나에게나, 경에게나, 똑같이 불충하여,

우리 둘 다 속였소. 1350

아코마

어떻게요?

록산

아탈리드,

그를 위해 경이 한 일을 생각하면,

충분한 대가도 못 되는 그 아탈리드가…….

아코마

그런데요?

록산

경이 읽어보시오. 이런 모욕을 받고도,

우리가 배신자를 옹호해야 하는 건지 판단해보오.

차라리 승리자가 되어 돌아오고 있는 아뮈라의 1355

정당한 엄명에 복종합시다.

그리하여, 빗나간 음모를 미련 없이 포기하고,

재빨리 제물을 바쳐 황제를 달랩시다.

아코마

(편지를 돌려주며)

예, 그 배은망덕한 자가 이렇게까지 저를 모욕했으니,

1360 필요하다면, 저 자신 마마의 복수를 위해 나서겠습니다.
마마, 그의 생이 우리의 생에 끼친 죄를
마마와 저에게서 씻어내게 해주십시오.
길을 가르쳐주세요. 달려가겠습니다.

록산

아니오, 아코마,
배은자를 궁지로 모는 기쁨을 내게 남겨주시오.
1365 그가 쩔쩔매는 꼴을 보며, 그의 수치를 즐기고 싶소.
그렇게 빨리 해치우면, 복수라고 할 수 없을 것이오.
내가 모두 준비할 것이오. 그러는 동안, 경은 가서
모여 있는 그대의 동지들을 해산시키시오.

7 장

아코마, 오스맹.

아코마

여기 있게. 오스맹. 내가 떠날 때가 아닐세.

오스맹

1370 아니! 나리, 그 정도로 사랑에 휩쓸리십니까?
충분히 복수하신 것 아닙니까?
그의 죽음을 지켜보기까지 하셔야 하겠습니까?

아코마

무슨 말을 하자는 건가? 자네마저 그처럼 순진한가?
내가 그런 우스꽝스러운 분노를 가졌을 것 같아?
내가, 질투를? 경솔한 바자제가 내 신의를 저버려 1375
오직 나만 모욕했다면 차라리 좋았을 것을!

오스맹

그렇다면 나리, 왜 그를 감싸주지 않으시고…….

아코마

그래 황후가 내 말을 들을 만한 상태던가?
내가 그에게 가려고 했을 때, 그와 더불어 죽든지 1380
아니면 함께 도망치려고 했던 것을 자넨 몰랐나?
아! 그토록이나 숙의하였는데 이 무슨 참담한 결과인가!
눈먼 왕자여! 아니 차라리 너무도 눈 어두웠던 재상이여!
잘한 일이로다. 그처럼 젊은 손에
나이와 명예를 의지하고, 계획을 맡기고,
재상의 불확실한 운명으로 하여금
연인들의 분별없는 행동을 좇아가게 하다니! 1385

오스맹

그렇다면! 그들끼리 분노를 터뜨리라고 내버려두시지요.
바자제는 죽기를 원하니, 나리는 나리 자신만 생각하세요.
침묵을 지키기로 약속한 몇몇 친구 분들 이외에
누가 나리 계획의 비밀을 알아서 누설할 수 있습니까, 1390
바자제가 죽고 나면 황제는 진정될 겁니다.

아코마

록산도 격노해 있는 상태에서는 그렇게 생각할 수 있지.
그러나 더 멀리 내다보는 나, 오랜 경험으로,
왕들의 행동 규범을 배워 익힌 나,
1395 여러 직책을 거치며, 세 명의 황제 밑에서 늙었고,
나 같은 사람의 찬연한 불행[31]을 목격한 나,
환상 없이 나는 아네, 나 같은 사람은
오직 자신의 용기에서만 자기의 가호를 기대해야 하고,
또 성이 난 주인과 노예 사이에 남은 계약이란
1400 피비린내 나는 죽음뿐이라는 것을.

오스맹

그러면, 달아나십시오.

아코마

아까는 나도 그럴까 했었네.
그때는 계획이 덜 진전되었으니까.
그러나 이제 물러서기엔 너무 늦었어.
지더라도 근사하게 져서 내가 누구인지 보여주고,
1405 적어도 적들의 추격을 지체시킬
잔해라도 남겨두고 도망쳐야 해.
바자제는 아직 살아 있어. 우리가 흔들릴 이유가 뭐야?
아코마는 그를 더 어려운 상태에서도 살려내었네.
그가 싫다고 해도, 이 극도의 위험에서 그를 구해내세.
1410 우리를 위해, 우리 동지들을 위해, 또 록산 자신을 위해.

자네도 보지 않았나. 그녀의 마음이 그를 보호할 태세를 갖추고,
지나치게 복수를 서두르는 내 팔을 어떻게 저지하는지.
사랑은 잘 모르네만, 장담할 수 있네.
쩔쩔매는 꼴을 보겠다는 걸 보면, 사형 선고를 내린 건 아니야.
우리에게는 아직 시간이 있어. 절망 속에서도 1415
록산은 여전히 그를 사랑하네. 오스맹, 그래서 그를 보러 간 거야.

오스맹

어쨌든, 아무리 고결한 용기를 지니셨어도 이렇게 계실 수는 없습니다.
록산이 명하면 이 자리를 떠나야 해요.
이 궁전은 가득 차 있어요…….

아코마

그렇지, 전장에서 멀리 떨어져,
성벽의 그늘에서 사육되는 비천한 노예들로 가득 차 있지. 1420
그렇지만 자네, 아뮈라가 자네의 용덕을 잊는 바람에,
같은 원한으로 내 운명에 결속된 자네는
끝까지 내 분노의 폭발을 도와주고 싶을는지?

오스맹

나리, 서운한 말씀이십니다. 나리께서 돌아가시면, 저도

죽습니다.

아코마

1425 동지들과 병사들로 이루어진 용맹스러운 무리가
궁궐 문에 모여 우리가 나오기만 기다리고 있네.
게다가 황후도 내 말을 믿고 있네.
궁정에서 자란 나는 복잡한 에움길들을 잘 알고 있어.
바자제가 늘 머무는 곳도 아네.
1430 더 지체하지 마세. 가세. 내가 죽어야 한다면,
함께 죽음세. 나는, 친애하는 오스맹, 재상으로, 자네는
나 같은 사람이 총애하는 부하로.

| 5막 |

1장

아탈리드.

아탈리드

(독백)

아아! 아무리 찾아도 소용없어, 아무것도 없어.
불운한 것! 어떻게 그걸 잃어버린단 말이냐?
하늘아, 불길한 내 사랑이 내 연인을 단 하루에 1435
이리도 여러 번 위험에 빠트리게 내버려두었느냐?
최악의 불행을 만들기 위해, 그 치명적인 편지가
다름 아닌 내 연적의 눈에 띄게 하였느냐?

난 바로 이 자리에 있었어. 록산이 나타났을 때,

1440 겁에 질린 내 손이 그것을 품속에 감추었지.

그녀의 갑작스러운 출현이 비탄에 잠긴 내 넋을 덮치고,

그녀의 위협, 그 목소리, 황제의 명령이 나를 뒤흔들어놓았어.

힘이 빠지고 정신이 아득해지는 것을 느꼈지.

다시 기운을 차렸을 때에는 그녀의 시녀들에게 둘러싸여 있었어.

1445 놀라서 바라보니, 그 여자들은 이미 사라지고 없었어.

아! 나를 살려낸 너무도 잔인한 손길들이여,

너희는 그 비정한 구제를 내게 비싸게도 팔았구나.

너희가 그 편지를 그녀의 손에 넘겼구나.

지금 그 여자는 무슨 계획에 골몰하고 있을까?

1450 누구에게 먼저 복수하려 할까?

누구의 피면 그 여자의 분을 풀기에 충분할까?

아! 바자제는 죽었어, 아니면 이 순간 죽어가고 있어.

그런데 나는 붙잡혀서 갇혀 있구나.

문이 열리는군. 이제 어찌 되었는지 알게 되겠지.

2 장

록산, 아탈리드, 자팀.

록산

물러가시오. 1455

아탈리드

마마……. 송구하오나…….

록산

물러가란 말이오. 그리고 입 다무시오.

경비병, 그녀를 붙잡아두라.

3 장

록산, 자팀.

록산

그래, 준비는 끝났다, 자팀.

오르캉과 벙어리들이 제물을 기다리고 있다.

그렇지만 그의 운명을 결정할 사람은 아직도 나야.

여기에 붙잡아둘 수도 있다. 여기서 나가면, 그는 죽는다. 1460

오고 있느냐?

자팀

예, 제 뒤로 노예가 그를 데려오고 있습니다.
곧 총애를 잃을 것은 꿈에도 예상치 못하고,
제가 보기에는, 마마, 마마를 알현하기 위해
서둘러 처소에서 나오는 것 같았습니다.

록산

1465 비열한 영혼이여, 결국 속아 마땅한 영혼이여,
아직도 그가 네 눈앞에 나타나는 것을 허용하느냐?
말로써 그를 이기거나 겁줄 수 있을 것 같아?
그가 굴복한들 용서해줄 수 있단 말이냐?
뭐냐? 넌 이미 복수를 했어야 옳지 않으냐?
1470 아직도 모욕을 덜 당했단 말이냐?
무정한 그의 마음에 이렇게 헛된 노력을 쏟아 붓지 말고,
왜 그를 죽게 내버려두지 못하는 것이냐?……왔구나.

4 장

바자제, 록산.

록산

당신에게 구구한 비난을 늘어놓진 않겠소.
말로 허송하기에는 순간순간이 너무도 소중하니까.

내 배려는 당신도 알고 있소. 한마디로 당신은 살아 있고, 1475
또 말한다 한들 당신이 다 아는 것들뿐이오.
내 사랑 전부를 주었는데도, 당신 마음에 들 수 없었다면,
그걸 불평하지는 않겠소. 솔직히 말해서,
바로 그 한결같은 사랑, 한결같은 호의가
나의 보잘것없는 매력을 보충해주었어야 마땅하지만. 1480
그러나 놀랍구려, 결국 그 보답으로,
그토록 사랑하고, 그토록 믿은 대가로,
그렇게도 오랫동안, 그렇게도 야비한 꾀를 부려,
당신이 느끼지도 않은 사랑을 가장했다니.

바자제

누가요? 제가요, 마마? 1485

록산

그래, 너. 너는 아직도
내가 모욕당한 걸 모르리라 생각하고 부정할 테냐?
네 마음을 다른 데에 붙잡아두고 있는 사랑을
네 거짓된 모습으로 숨기기로 작정하고,
너의 아탈리드에게 품고 있는 감정들을
거짓된 입으로 내게 맹세할 생각은 아니겠지? 1490

바자제

아탈리드라고요! 마마! 오, 맙소사! 누가 그런 말을…….

록산

자, 배신자야, 보아라. 이 글을 부인해보아라.

바자제

더 이상 아무 말도 하지 않겠습니다. 이 진실한 편지가
불행한 사랑의 비밀을 모두 간직하고 있으니까요.
1495 이제 마마는 아십니다. 언제든 열어젖힐 준비가 되어 있던
제 가슴이 수천 번이나 당신께 털어놓고자 했던 그 비밀을.
사랑합니다, 고백하겠습니다. 마마의 영혼이
제가 감히 바라지도 않았던 사랑의 불길을 선언하기 전에,
어려서부터 키워온 사랑으로 가득 찬 제 가슴은,
1500 이미 다른 어떤 욕망에도 닫혀 있었습니다.
마마께서는 제게 오셔서 목숨과 정권을 제안하셨습니다.
그리고 외람된 말씀이오나, 마마의 사랑이
마마 자신의 호의와 의논하고, 그것을 믿고, 그 믿음에 근거해서,
제 감정에 대해 저 대신 마마께 들려드린 것입니다.
1505 마마의 오해를 알았지만, 제가 어떻게 할 수 있었겠습니까?
그 오해가 마마께 소중하다는 것 또한 알고 있었으니.
또 왕좌는 야심만만한 마음을 얼마나 강렬하게 유혹하는지!
그처럼 고귀한 선물이 제 눈을 뜨게 만들었습니다.
1510 노예 상태에서 벗어날 절호의 기회이기에
더 이상 주저하지 않고, 기뻐하며 받아들였습니다.

받아들이느냐 아니면 죽느냐의 문제였으니 더욱 그랬고,
마마께서 친히 너무도 열렬히 제안하시면서
거절당하는 것을 무엇보다 두려워하시니 더욱 그랬으며,
거절한대도 마마를 위태롭게 할 것이요,
저를 만나고 말까지 건네셨으니, 1515
물러서는 것은 마마에게도 위험한 일이었기에 더욱 그랬습니다.
하지만, 이 문제에 대해 저는 마마의 원망만을 증인으로 삼겠습니다.
제가 거짓 약속으로 마마를 속였다고 할 수 있을까요?
마마께서 얼마나 자주 비난하셨는지 생각해보십시오.
숨겨진 고민의 증거인 제 침묵을 말입니다. 1520
마마의 배려의 성과와 제 영광이 가까워질수록
억눌린 제 가슴은 더욱더 자책했습니다.
제 속마음을 알고 있던 하늘은 그렇다고
제가 빈 약속들만 늘어놓진 않은 것도 잘 압니다.
그러니 만일 일의 결과가 제 희망에 답하여 1525
제가 마음껏 감사할 수 있도록 해주었더라면,
저는 크나큰 명예와 크나큰 존엄으로
마마의 자부심을 채워드리고, 마마의 선의에 보답했을 것이고,
마마 자신도 아마…….

록산

그래, 네가 뭘 할 수 있었는데?

1530 네 마음을 주지 않고, 어떻게 나를 기쁘게 할 수 있지?

네 약속의 쓸모없는 열매가 무엇이었을까?

내가 누구인지 다 잊었니?

궁정의 주인, 네 목숨의 지배자,

뿐만 아니라 아뮈라가 맡긴 제국의 지배자이기도 한

1535 황후, 그리고 네게도 그런 줄로 믿었다가 허망해졌다만,

나밖에는 아무도 사랑하지 않았을 한 사람[32]의 지배자야.

내가 이미 이 같은 영광의 절정을 누리고 있는데,

무슨 가당찮은 영예를 날 위해 준비해두었다는 거냐?

내 손으로 왕관을 씌워준 배은자가 버린 천한 찌꺼기로서,

1540 내 지위에서 내려와 수천의 다른 여인들과 같아져서,

혹은 결국 내 연적의 수석 노예가 되어,

여기서 불운한 운명을 연명하는 것?

쓸데없는 이야기는 집어치우자. 나를 귀찮게 하지 말고,

마지막으로 묻는다, 살아서 통치하고 싶으냐?

1545 내게는 아뮈라의 명령이 있고, 그것을 면해줄 힘도 있다.

하지만 기회는 지금뿐이다. 결정해라.

바자제

어찌해야 합니까?

록산

내 연적이 여기 있다. 지체 없이 나를 따르라.

그 여자의 죽음을 통해 네 마음을 확인할 테니 와서 보라.[33)]
네 영광에 해가 되는 사랑에서 벗어나,
내게 네 사랑을 맹세하러 오라. 나머지는 시간이 해결해 주리라. 1550
네 사면의 대가는 이것이다, 사면받고 싶다면 말이야.

바자제

그 말을 받아들인다면 그건 오직 당신을 벌하기 위해서일 것이오.
그 제안이 내게 불러일으킨 혐오와 경멸을
전 제국이 보는 앞에서 터트리기 위해서 말이야.
그런데 이 무슨 분노에 휩쓸려 마마를 화나게 하여 1555
그녀의 애달픈 목숨을 위태롭게 하는 걸까요?
그녀는 결코 내 격분의 공모자가 아니오.
내 사랑의 공모자도, 내 불의의 공모자도 아니오.
그녀는 질투의 말로 나를 붙들어두기는커녕
내 가슴이 그녀 말을 들었다면 마마만의 것이 되었을 거요.[34)] 1560
마마의 은혜를 찬양하고, 마마의 매력을 찬미하면서,[35)]
나를 설득하려고 눈물까지 사용했소.
스스로를 희생하려고 몇 번이고 작정하였고,
자신의 죽음으로 솔선하여 우리를 결합시키려 하였소.
한마디로, 그녀의 미덕을 내 범죄와 별개로 생각해주시오. 1565
그래야만 한다면, 법이 승인하는 분노를 좇으시오.

아뮈라의 명령에 서둘러 복종하시오.
하지만 적어도 당신을 미워하지 않고 죽게 해주오.
아뮈라는 그녀까지 죽이라고는 하지 않았소.
1570 지금도 충분히 불행한 그 목숨을 살려주시오.
당신이 베풀어준 그 많은 호의에 이 은혜를 더해주시오.
마마. 한 번이라도 내가 당신에게 소중한 존재였다면
…….

록산

나가시오.

5 장

록산, 자팀.

록산

이것으로 마지막이다, 배신자야, 네가 나를 보는 것은.
너는 응분의 고통을 당하게 될 것이다.

자팀

1575 아탈리드가 마마의 발아래 엎드리기를 청하며,
잠시만 자기의 말을 들어주시기를 간청하옵니다.
마마, 자기보다 마마와 더 관계가 있는
중대한 비밀을 성실하게 아뢰겠답니다.

록산
그래, 들라 해라. 그리고 너는 바자제를 따라가,
때가 되면, 그의 운명을 고하러 오너라. 1580

6 장

록산, 아탈리드.

아탈리드
저는 또다시, 마마, 거짓말을 할 각오를 하고,
그토록 오래 기만해온 마마의 선의를 속이고자 온 게 아닙니다.
당신의 증오를 받아 마땅한 황송한 몸으로,
제 마음과 죄를 마마의 발아래 고하기 위해서 왔습니다.
그렇습니다, 마마. 저는 마마를 속였습니다. 1585
오직 제 사랑을 돌보는 데만 정신이 팔려,
바자제를 만날 때면, 마마께 충성하기는커녕,
제 이야기를 통해 마마를 배신할 궁리만 했습니다.
저는 어려서부터 그분을 사랑해왔어요. 그리고 벌써 그때부터, 마마,
저는 갖가지 방법으로 그분이 제게 호감을 품게 했습니다. 1590
그분의 어머니이신 황후께서도 앞날을 모르시고,

아아! 그분께는 불행한 일이지만, 저희를 흔쾌히 맺어주려 하셨어요.
그 후에 마마가 그분을 사랑하셨지요. 제 마음을 꿰뚫어보거나,
마마의 마음을 제게 숨기며 마마의 사랑이 제 사랑을 경계했더라면,
1595 두 분 모두에게 다행이었을 것을!
그분을 변호하려고 저 자신을 비방하는 건 절대 아니에요.
몸 둘 바를 모르는 저를 굽어보고 있는 저 하늘을 두고,
제 조상이신 위대한 오토만, 저와 더불어
마마께 엎드려 아뢰는 위대한 오토만 전체를 두고,
1600 그분들이 우리에게 전해준 가장 흠잡을 데 없는 피[36]를 위해, 맹세합니다.
바자제는 곧 마마의 배려를 깊이 느끼게 되었고,
마마, 마마의 수많은 매력에 지지 않을 수 없었습니다.
질투에 사로잡혀, 그를 붙잡을 수 있는 것이라면
어떤 모습이든 보여줄 각오를 하고 있던 저는,
1605 어떤 때는 그분 어머니의 영혼까지 증인으로 삼아,
한탄, 눈물, 분노 등 닥치는 대로 가리지 않았습니다.
오늘, 날들 중에서 가장 불행한 날인 오늘도,
그분이 마마께 드린 희망을 비난하고,
급기야 제 죽음의 책임까지 그분께 물으며,
1610 제 성가신 열정은 수그러들 줄을 몰랐습니다.

억지로 그분 마음의 증표를 얻어내어
그분을 저와 더불어 죽게 만들 때까지 말입니다.
그렇기로서니 마마의 호의가 지치실 리가 있겠나이까?
지난날 그분이 냉정하셨던 것, 부디 마음에 두지 마십시오.
그리 강요한 건 바로 저예요. 제가 깨트린 혼사는 1615
제가 죽으면 곧 성사될 것입니다.
하오나 제 죄에 합당한 고통이 어떤 것이든,
그 마땅한 죽음을 마마께서 친히 명하시어,
마마의 손에 의해 흘린 제 피를 덮어쓰신 모습만은,
이성을 잃을 그분에게 보이지 마십시오. 1620
너무도 정이 많아 유약한 마음을 한 번만 더 용서해주십시오.
제가 제 운명을 결정짓도록 내버려두셔도 됩니다.
마마, 그리 하셔도 저는 곧 죽을 겁니다.
제 죽음이 마마께 보장해드릴 행복을 누리세요.
마마를 아껴주실 영웅에게 왕관을 씌우세요. 1625
제 죽음은 제가 책임질 테니, 마마는 그분의 목숨을 책임지세요.
가세요, 마마, 가세요. 마마가 돌아오시기 전에
마마의 사랑을 연적에게서 영원히 벗어나게 해드릴게요.

록산

나는 그런 큰 희생을 받을 자격이 없소.
나는 나를 아오, 마마, 스스로를 과대평가하진 않소. 1630

그대들을 떼어놓기는커녕, 나는 오늘
영원한 결혼으로 그대를 그와 결합시킬 생각이오.
그대는 곧 사랑스러운 그의 모습을 실컷 보게 되리다.
일어나시오. 그런데 자팀이 온통 흥분해서 웬일인가?

7 장

록산, 아탈리드, 자팀.

자팀

1635 아! 마마, 납시옵소서! 아니면 이제 곧
반역자 아코마가 궁궐의 주인이 됩니다.
황제들의 신성한 거처를 모독하면서
그의 범죄자 일당이 침입했습니다.
마마의 노예들은 떨면서, 그중 반은 도망쳐버리고,
1640 재상이 마마를 도울지 배반할지 걱정하고 있습니다.

록산

아! 배신자들! 가자, 그를 치러 달려가자.
너는 이 죄수를 지키고 있어라. 명심해서 거행하렷다.

8장

아탈리드, 자팀.

아탈리드

아아! 누구에게 희망을 걸어야 하나?
두 사람 모두 속을 모르겠구나.
이렇게 많은 불행을 겪는 내가 조금이라도 가엾거든, 1645
자팀아, 네 입으로 나를 위해 록산을 저버리고
그녀의 비밀을 알려달라는 게 아니라,
제발, 바자제가 뭘 하시는지, 그것만 말해다오.
그분을 뵈었느냐? 아직은 그분 목숨 때문에 걱정할 것
없느냐?

자팀

마마, 저는 마마의 불행에 마음 아플 따름입니다. 1650

아탈리드

뭐라고? 록산이 벌써 그를 처형했느냐?

자팀

마마, 아무 말도 하지 말라는 명령이십니다.

아탈리드

불쌍한 여인아, 그가 살아 있는지만 말해다오.

자팀

제 목숨이 달린 일이에요, 아무것도 말할 수 없어요.

아탈리드

1655 아! 너무하는구나, 잔인한 것. 나를 죽여라, 그래서
네 손이 그 여자에게 네 충성의 보다 확실한 증거를 바치게 해.
네 침묵이 짓누르고 있는 이 가슴을 네 손으로 찔러라.
야만스러운 노예의 무자비한 노예야,
그 여자가 내게서 앗아가려는 목숨을 서둘러 없애라.
1660 어디 해봐라, 그 여자의 종답다는 걸 보여봐.
말려도 소용없어. 바로 지금,
그분을 보든지, 죽든지 해야겠다.

9 장

아탈리드, 아코마, 자팀.

아코마

아! 바자제는 뭘 하십니까? 어디 가면 그분을 만날까요,
마마? 아직 그를 살릴 시간이 있을까요?
1665 온 궁전을 뒤지는 중입니다. 바로 입구에서부터,
용감한 제 동지들이 반으로 나뉘어서
한 무리는 용맹스러운 오스맹의 뒤를 따라갔고,
나머지는 다른 길로 저를 따랐습니다.

뛰어다녀봐도, 보이는 것은 놀란 노예들과
겁에 질려 달아나는 여자들의 무리뿐이군요. 1670

아탈리드

아! 그분의 운명에 대해서는 경보다도 더 모릅니다.
이 노예가 알고 있어요.

아코마

내 정당한 분노를 두려워하렷다.
가련한 것, 대답해라.

10장

아탈리드, 아코마, 자팀, 자이르.

자이르

마마!

아탈리드

그래, 자이르,
무슨 일이냐?

자이르

이제 걱정하지 마십시오. 마마의 원수는 죽어가고 있습니다.

아탈리드

1675 록산이?

자이르

게다가 더욱 놀라실 일은,

오르캉 자신이, 오르캉이 그녀를 죽였다는 겁니다.

아탈리드

뭐라고! 그자가?

자이르

지어야 할 죄[37]를 짓지 못해 낙담한 나머지

대신 그 희생자를 취했나 봅니다.

아탈리드

정의로운 하늘아, 죄 없는 분을 도와주었구나!

1680 바자제께서 아직 살아 계시오, 대감. 그분께 달려가시오.

자이르

오스맹의 입을 통해 더 자세히 듣게 되실 겁니다.

그가 다 보았어요.

11장

아탈리드, 아코마, 오스맹, 자이르.

아코마

그분이 황후의 마음을 붙잡지 못했는가?
록산은 죽었느냐?

오스맹

예, 자객이 그녀의 가슴에서
김이 펄펄 나는 칼을 뽑는 것을 보았습니다.
오르캉이 이 잔인한 계략을 궁리해내어, 1685
그녀를 죽일 생각으로 그녀를 거들었던 거예요.
황제도 비밀리에 그에게 명하기를,
남자 다음에 여자를 희생시키라고 했던 것이고요.
멀리서 우리가 나타나는 것을 보자마자,
그가 말하더군요. "너희 군주의 명령 앞에 부복하라. 1690
불충한 자들아, 내가 흘리게 한 피에서
모욕당한 그분 사랑이 내게 명한 바를 보아라"[38]라고요.
이 말을 마치더니, 죽어가는 황후를 내팽개치고,
우리 쪽으로 걸어왔습니다. 그러고는 피 묻은 손으로,
아뮈라가 그 괴물에게 두 번의 살해를 용인한 1695
명령서를 우리 앞에 펼쳐 보였습니다.
그러나 나리, 더 이상 그의 말을 듣고 싶지 않아서,

고통과 격분으로 격앙되어
참지 못한 저희의 팔이 그의 중죄를 벌하여,
1700 그의 피로 바자제의 죽음을 복수했습니다.

아탈리드

바자제라고!

아코마

무슨 말이냐?

오스맹

바자제는 돌아가셨습니다.
모르셨습니까?

아탈리드

오 하늘아!

오스맹

복수의 화신이 된 여인이
바로 이 근처에서, 나리, 나리께서 구하러 올까 염려하여,
배신자의 목숨을 팽개쳐버린 겁니다.[39)]
1705 제가 본 중 가장 비통한 광경을 직접 목격했습니다.
그분의 생명이 남아 있나 살펴보았지만 허사였어요.
이미 돌아가신 상태였습니다. 우리가 보았을 때 그분은,
죽은 자들과 죽어가는 자들에게 고귀하게 둘러싸여 계시더이다.
당신의 패배를 보복하면서, 또 중과부적으로 밀리면서,
1710 어쩔 수 없이 그 영웅이 자신의 혼백을 따르게 만든 자들

이었죠.
하오나, 다 끝난 일이니, 나리, 우리 일을 생각하십시다.

아코마

아! 원수 같은 운명이여, 나를 어디로 몰아넣는 것이냐?
바자제를 잃은 것이 마마에게 어떤 상실인지 잘 압니다,
마마. 잘 압니다, 지금 마마가 처하신 상황에서
그분에게만 희망을 걸었던 몇몇 불우한 자들을 의지하시라고 1715
마마에게 말씀드리는 것은 제가 할 일이 아님을요.
저를 짓누르는 죽음에 사로잡혀 절망한 채,
저는 가렵니다. 이 죄 많은 목숨을 구하기 위해서가 아니라,
제 가련한 동지들의 호의에 빚을 지고 있으니
제게 맡긴 그들의 목숨을 끝까지 지켜주기 위해서 가는 겁니다. 1720
마마께서는, 원하신다면, 저희가 마마의 존귀한 몸을
어디 다른 나라로 모시고 갈 수 있도록,
잘 생각해보십시오. 궁궐을 제압하고 나면
저의 성실한 친구들이 마마의 소원을 받자올 것입니다.
저는, 이처럼 유익한 시간을 허비하지 않기 위해 1725
아직도 저를 필요로 하는 곳으로 달려가겠습니다.
그런 다음 파도가 씻어주는 성벽들 발치까지
만반의 준비를 갖춘 배를 타고 마마를 뵈러 가겠습니다.

마지막 장

아탈리드, 자이르.

아탈리드

결국, 이렇게 끝장이 났구나. 나의 술책들,

1730 나의 부당한 의심, 나의 치명적인 변덕 때문에,

내 죄로 인해 내 임이 죽는 걸 봐야 하는

이런 고통스러운 순간에 이르렀구나.

충분하지 않더냐, 잔인한 운명아,

그가 죽은 뒤에도, 아아, 이 목숨 붙어 있는 벌만으로는?

1735 그것으로 모자라서 이리도 처참하게, 그의 죽음을

내 격정 탓으로 돌릴 수밖에 없도록 했어야 했느냐?

그래요, 사랑하는 이여, 그대의 목숨을 앗아간 건 바로 저예요.

록산이, 또는 황제가 앗아간 게 아니에요.

저 혼자서, 제가 그 불행한 인연을 엮었고,

1740 당신은 그 가증스러운 매듭에 걸리신 거예요.

그런데도 저는 죽지 않고 이런 생각을 견디고 있군요!

조금 전, 당신을 죽이겠다는 위협만으로도,

순식간에 정신을 잃었던 제가 말이에요.

아! 나는 오로지 당신을 죽이기 위해 사랑했단 말인가?

1745 하지만 더 이상 못 참겠다. 빨리 이 몸을 희생하여

나의 충직한 손으로 당신의 죽음을 복수하고 나를 벌해
야 해.
나로 인해 영예와 휴식을 망쳐버린 조상님들,
이렇게 되지 않았으면, 그 영웅을 통해 회생하셨을 영웅
들이여,
당신, 불행한 어머니, 우리가 어릴 때부터
이와는 다른 희망을 품고 그의 마음을 내게 맡긴 분, 1750
불운한 재상, 절망한 동지들,
록산, 모두 모두 오너라. 나와 대적하여,
격정 때문에 이성을 잃었던 연인을 일시에 괴롭히러 오라.
와서 마땅히 해야 할 복수를 하려무나.

자이르

아! 마마! 숨을 거두시는구나. 오, 맙소사! 이런 불행 속 1755
에서도
왜 나는 괴로움으로 함께 죽지 못하는가!

Phèdre

페드르

서문[40]

여기 다시 에우리피데스에게서 주제를 빌려온[41] 비극 한 편을 선보인다. 그가 극행동의 구성에서 취한 것과는 약간 다른 길을 따랐지만, 여전히 나는 그의 극에서 가장 값지다고 생각되는 것을 모두 가져와 작품을 풍요롭게 만들었다. 내가 그에게서 얻은 것이 페드르라는 인물의 성격뿐이라 할지라도, 아마 지금까지 내가 연극 무대에 올린 것 중 가장 합리적인 것을 그에게 빚졌다고 해도 과언이 아닐 것이다. 나는 에우리피데스의 시대에 그토록 커다란 성공을 거둔 이 인물이, 우리 시대에도 역시 놀라운 성과를 거둔 데 대해 놀라지 않는다. 그 이유는 이 인물이, 아리스토텔레스가 비극의 주인공에게 요구한 자질뿐만 아니라, 연민과 공포를 불러일으키는 데 적합한 자질까지 모두 갖추고 있기 때문이다. 사실 페드르는 완전한 유죄도, 완전한 무죄도 아니다. 운명과 신들의 분노에 의해 그녀는 부당한 정념에 사로잡혔지만, 그 누구보다 그녀 자신이 그 정념을 혐오하고 있다. 그녀는 그 정념을 극복하기 위해 온갖 노력을 기울인다. 또 누군가에게 그것을 고백하느니 차라리 죽기를 바란다. 어쩔 수 없이 그것을 드러내지 않을 수 없을 때조차, 그녀가 겪는 동요와 혼란은 그녀의 죄가 자기 의지의 발현이라기보다 차라리 신들이 내린 형벌임을 보여준다.

나는 그녀 스스로 이폴리트를 고발하기로 결심하는 고대 비극에서보다 그녀를 덜 혐오스럽게 만들기 위해 배려를 아끼지 않았다. 사련을 품었을지언정 그토록 고귀하고 덕스러운 감정을 가지고 있는 공주의 입에서 중상모략이 흘러나온다는 것은, 너무 비열하고 너무 흉악하다고 생각했기 때문이다. 그 같은 비열함은 유모의 몫으로 돌리는 편이 더 알맞을 듯하다. 유모라면 좀더 비천한 생각을 품을 수 있고, 어쨌든 오직 자기 주인의 목숨과 명예를 구하려는 일념에서 무고를 도모하는 것이니 말이다. 페드르가 그것을 거든 것은 정신적 혼란 상태에서 자기 자신을 잃었기 때문일 뿐이고, 곧[42] 그녀는 이폴리트의 결백과 진상을 밝힐 생각으로 다시 무대에 등장한다.

에우리피데스와 세네카의 극에서는 이폴리트가 실제로 계모를 범했다고 고발당한다(Vim corpus tulit[43]). 그러나 여기서 이폴리트는 단지 그럴 생각을 품었다는 것만으로 비난을 받는다. 나는 테제에게 참기 어려운 혼란은 면하게 해주고 싶었다. 그런 혼란은 관객 눈에 테제를 조금 혐오스럽게 보이게 할 수도 있으니 말이다.

나는 고대인들의 책[44]을 통해, 에우리피데스가 이폴리트라는 인물을 마치 어떤 결함도 없는 현자로 묘사하였다고 비난받았다는 사실을 알게 되었다. 그로 인해 이 젊은 왕자의 죽음이 연민보다 분노를 불러일으켰다는 것이다. 그래서 나는, 페드르의 명예를 배려하느라고 그녀의 죄를 폭로하지 않은 채 박해를 받은 한 영혼의 위대성을 전혀 손상치 않으면서도, 아버지에 대해서는 약간 죄 있도록 만드는 어떤 약점을 그에게 부여해야겠다고 생각했다. 여기서 말하는 약점이란 부친의 숙적의 딸이요 누이인 아리시를 향한 그 자신도 어쩔 수 없는 사랑을 말한다.

아리시는 내가 허구로 만들어낸 인물이 아니다. 베르길리우스[45]는 이폴리트가 에스클라프에 의해 다시 살아난 후, 아리시와 결혼해 아들 하나를 두었다고 전한다. 또 나는 몇몇 작가들의 책에서 이폴리트가 아리시라는 아테네의 명문가 출신 처녀와 결혼하여 이탈리아로 건너갔으며, 그녀의 이름이 이탈리아의 한 작은 도시의 이름으로 남게 되었다는 것도 알게 되었다.

이런 권위 있는 출전들을 언급하는 것은 내가 이 전설을 충실히 따르기 위해 매우 세심하게 애썼음을 알리기 위해서다. 심지어는 테제의 이야기까지 플루타르코스에 나와 있는 그대로[46] 옮겼다.

나는 바로 이 역사가에게서, 테제가 프로제르핀(페르세포

네)을 약탈하기 위해 지옥에 내려갔다고 믿게 만든 계기가 바로 에피르 여행이라는 사실을 알게 되었다. 그는 아케롱 강의 수원지 부근에 있는 에피르 왕의 궁전까지 갔는데, 그 왕이 자기 아내를 유괴하려던 그의 친구 피리토위스를 죽인 뒤 그를 포로로 억류했다는 것이다. 이렇게 나는 시를 극도로 풍성하게 해주는 전설의 장식들을 하나도 놓치지 않으면서 역사의 개연성 또한 간직하려 노력했다. 그리하여 이 전설적 여행을 근거로 한 테제의 사망 소식은 페드르에게 불행을 안겨주는 주요 원인이 되고, 남편이 살아 있다고 믿은 동안에는 엄두도 내지 못했을 사랑 고백을 할 수 있는 빌미를 제공했다.

하지만 이 작품이 내 비극 중 사실상 가장 훌륭한 것이라고 아직은 감히 단언하지 않겠다. 이 작품의 진가는 독자들과 시간에 맡기겠다. 내가 단언할 수 있는 것은 내가 이 작품에서만큼 미덕을 깨우치는 작품은 결코 쓴 적이 없다는 것이다. 여기서는 가장 사소한 과오도 가혹한 벌을 받는다. 죄가 되는 것을 생각하기만 해도 죄 자체만큼 끔찍스러운 것으로 간주된다. 여기서는 사랑에서 연유한 연약함이 진정한 약점으로 통하고, 정념은 그것이 야기한 온갖 혼란을 드러내 보여주기 위해서만 나타나며, 악덕은 어디서든 그것이 지닌 추함을 알아보고 미워하게 만드는 색조로 그려져 있다. 대중을 위해 일하는 모든 이들이 명심해야 할 것이 바로 이것이고, 최초의 비극 시인들이 다른 무엇보다 우선시했던 것도 바로 이것이다. 그들의 연극은 철학자들의 학교 못지않게 미덕을 깨우쳤다.[47] 그렇기 때문에 아리스토텔레스가 기꺼이 극시의 규칙들을 제시하려 했고, 철학자 중에서도 가장 지혜로운 소크라테스도 에우리피데스가 비극을 쓸 때 돕기를 마다하지 않았던 것이다. 우리의 작품이 그 시인들의 그것처럼 견실하고 유용한 교훈으로 가득 차기를 바라야 한다. 아마도 그것이 신앙과 학식으로 이름 높은 많은 인사들[48]과 비극을 화해시키는 방법이 될 것이다. 그들이 최근 들어 비극을 단죄한 바 있으나, 만일 작가들이 관객을 즐겁게 하는 것만큼 교화하는 것에도 유념한다면, 그럼으로써 비극의 진정한 목적을 따른다면, 그들도 아마 비극을 좀더 호의적으로 평가해줄 것이다.

| 등장인물 |

· 테제[49] : 에제의 아들, 아테네의 왕
· 페드르[50] : 테제의 아내, 미노스와 파지파에의 딸
· 이폴리트[51] : 테제와 아마존의 여왕 앙티오페 사이에 태어난 아들
· 아리시 : 아테네 왕족의 딸
· 외논 : 페드르의 유모이며 심복
· 테라멘 : 이폴리트의 사부
· 이스멘 : 아리시의 심복
· 파노프 : 페드르의 시녀
· 호위병들

| 1막 |

1 장

이폴리트, 테라멘.

이폴리트

결심이 섰소. 출발하겠소. 테라멘, 1
정든 트레젠[52]의 거처를 떠나는 거요.
마음을 어지럽히는 걱정 때문에 죽을 것 같은데도
이리 한가롭게 있는 게 부끄러워지기 시작했소.
아버지를 못 뵌 지 벌써 여섯 달이 넘었는데, 5
그토록 소중한 분의 운명을 나는 모르고 있소.
그분을 숨겨 놓았을 장소조차도 나는 모르오.

테라멘

그렇다면 왕자님, 대체 어디서 그분을 찾으시렵니까?
지당하신 왕자님의 근심을 풀어드리고자 제가 이미
10 코린트가 갈라놓은 두 바다를 두루 찾아다녔는데요.
아케롱 강[53]이 망자(亡者)들의 나라로 아스라이 사라지는 곳,
그 강변의 사람들에게까지 테제 왕의 행방을 탐문했지요.
엘리드[54]도 찾아갔고, 테나르[55]를 지나
이카르[56]가 떨어지는 것을 본 바다까지 갔었습니다.
15 어떤 새로운 희망을 근거로, 어떤 행운의 고장에서
그분의 발자취를 발견할 거라고 생각하세요?
누가 알겠어요? 종적을 감춘 이유가 밝혀지는 걸
부왕께서 바라기는 하실는지, 누가 압니까?
왕자님과 더불어 우리가 그분의 생사를 염려할 때,
20 그 호탕한 분은 태연히, 우리 몰래 새로운 연애를 벌이시며,
오직 감언이설에 끌린 연인을…….

이폴리트

테라멘, 그만 해요. 전하께 무엄한 말이니.
이제 그분은 젊은 날의 과오에서 벗어나
그런 가당치 않은 걸림돌에 얽매이지 않아.
25 그리고 페드르가 애정에 관한 한 치명적인 그분의 변덕

을 옭아매
더 이상 연적을 염려하지 않게 된 지 오래요.
여하튼 나는 그분을 찾아 자식 된 도리도 따르면서
이제 더 이상 볼 수 없는 이곳을 피하려는 것이오.

테라멘

아니 왕자님, 언제부터 이곳이 두려워지셨습니까?
어릴 적부터 그렇게 정들었던 평화로운 곳이라, 30
아테네나 궁정의 호사스러운 야단법석보다
여기에 머무시기를 더 좋아하시더니.
어떤 위험, 아니 그보다 어떤 상심이 왕자님을 쫓아낸답니까?

이폴리트

이제 그 행복했던 시절은 없소. 모든 것이 달라졌소.
신들이 이 바다 기슭에 35
미노스와 파지파에[57]의 딸을 보낸 뒤부터.

테라멘

그러시겠지요. 괴로워하시는 이유, 저도 알지요.
페드르가 여기 있는 게 괴롭고 눈에 거슬리시지요.
왕자님을 보자마자 곧바로 추방해서
자기 영향력을 과시한 위험천만한 계모이니. 40
하지만 전날 왕자님께 퍼붓던 집요한 증오심도
이젠 사라졌거나 아주 느슨해졌습니다.
게다가 죽어가는 여인, 죽으려 애쓰는 여인이

왕자님을 어떤 위험에 빠트릴 수 있겠습니까?
45 페드르는 무슨 병인지 한사코 함구한 채,
이제는 자기 자신도, 자기를 비추는 태양도 성가셔하는데,
왕자님께 무슨 해코지를 하겠습니까?

이폴리트

내가 두려워하는 건 그 여자의 부질없는 적의가 아니오.
이폴리트가 떠남으로써 피하려는 적은 따로 있소.
50 내가 피하는 건, 고백하리다, 저 젊은 아리시요,
우리에게 모반을 꾀했던 치명적인 혈통의 생존자 말이오.

테라멘

아니 왕자님, 왕자님조차 그분을 박해하십니까?
그 잔인한 팔랑티드 형제들[58]의 아리따운 누이가
불충한 오라비들의 음모에 가담한 적이 있습니까?
55 아름다운 그분을 이유 없이 미워하실 필요가 있나요?

이폴리트

그녀를 미워한다면 피하지도 않을 것이오.

테라멘

왕자님, 제가 왕자님이 피하려는 이유를 말해볼까요?
왕자님은 이제 예전의 이폴리트가 아니신가요?
사랑의 율법에, 그리고 테제 왕이 수없이 걸머졌던 멍에에
60 확고부동한 적이었던 그 고고한 이폴리트가?

왕자님의 오만이 그토록 오랫동안 경멸해온 비너스,
그 여신이 결국 테제 왕을 정당화하려는 걸까요?
그래서 왕자님을 필부의 서열로 떨어뜨려
자신의 제단에 향을 피우지 않을 수 없도록 했나요?
사랑에 빠지셨나요, 왕자님? 65

이폴리트

친구여, 무슨 말을 하는 거요?
숨쉬기 시작했을 때부터 내 마음을 아는 그대가,
그토록 거칠 것 없고 자부심 강했던 심정을
수치스럽게 부정하라고 내게 말할 수 있소?
아마존인 어머니[59]가 내게 젖과 함께
그대가 경탄하는 자부심까지 빨게 한 건 약과요. 70
나 자신이 좀더 성숙한 나이에 이르러,
내가 누구인지 알게 되자, 나는 내가 자랑스러웠소.
진심 어린 열성으로 내 곁에 붙어 앉아
그때 그대는 아버님 이야기를 들려주었소.
그대는 알 거요, 그대 음성을 경청하던 내 영혼이 75
그분의 고귀한 무용담에 얼마나 열광했는지.
알시드[60]를 잃은 인간들의 슬픔을 위로해준 그 대담한 영웅,
숨 끊어진 괴물들, 벌 받은 강도들,
프로크뤼스트,[61] 세르시옹[62] 그리고 시롱[63]과 시니스,[64]
거인 에피도르[65]의 흩어진 뼈, 80

미노토르[66]의 피 등으로 얼룩진 크레타를
그대가 그려 보여줄 때 말이오.
그렇지만 그다지 영광스럽지 못한 이야기들,
아무 데서나 남발하고 여기저기서 받은 사랑의 맹세,
85 스파르타에서는 그 부모에게서 엘렌[67]을 훔쳐내고,
살라민 섬이 페리베[68]의 눈물을 보게 하고,
그 밖에 아마 이름조차 잊으셨을 수많은 여인들,
너무 순진해서 그분의 정열에 속아 넘어간 여인들,
그분의 부당함을 바위에 호소하고 있을 아리안,[69]
90 마지막으로 조금 나은 조건에서 납치된 페드르 등등.
알잖소, 내가 그런 이야기를 얼마나 마지못해 듣고,
얼마나 자주 그 부분은 생략하고 넘어가자고 재촉했는지.
그토록 아름다운 이야기의 그 합당치 않은 절반을
사람들의 기억에서 빼낼 수 있었다면 얼마나 좋았을까!
95 한데 이젠 내가 그런 것에 얽매인 나 자신을 보게 될 거라고?
그래 신들이 그렇게까지 나를 모욕하려 했단 말인가?
비루하게도 사랑의 탄식에 잠겨 있다니.
오래 쌓아온 명예 덕분에 아버지에게는 허용되지만,
오늘까지 내가 퇴치한 그 어떤 괴물 하나도 없는터라
100 내게 실수할 권리를 주지 않으니 더욱 경멸받을 탄식 아닌가.
설령 나의 도도함이 좀 수그러든다 한들,

그래 아리시를 나의 정복자로 삼아야 했더란 말인가?
정신이 혼미해져서 더 이상 기억하지 못하는가,
영원한 장벽이 우리를 갈라놓고 있다는 것을?
아버님은 그녀를 배척하지. 그래서 엄격한 법으로 105
그녀의 형제들에게 조카가 생기는 걸 금하고 계셔.
죄의 줄기에서 새싹이 틀까 우려하시는 거지.
그 누이와 함께 그들의 이름을 영영 묻어버리길 원하시며,
무덤까지 당신의 감시하에 있게 될 그녀를 위해서는
결코 혼례 횃불[70]을 밝힐 수 없다고 하시지. 110
진노한 아버님께 거역하여 그녀의 권리를 지지해야 하나?
내가 경거망동의 표본이 될 것인가?
젊은 혈기에 정신 나간 사랑에 휩쓸려…….

테라멘

아, 왕자님! 일단 왕자님의 때가 정해지면,
하늘은 우리 사정에는 괘념치 않는답니다. 115
테제는 왕자님의 눈을 가리려다 눈을 뜨게 하셨군요.
그분의 증오가 오히려 반발하는 불꽃을 부채질하여
적에게 새로운 매력을 부여하고 있군요.
어쨌든 순결한 사랑인데 왜 겁을 내십니까?
어떤 감미로움이 있을지, 시험해볼 용기가 없으십니까? 120
언제까지나 완강하게 뿌리치실 수 있을 것 같으세요?
에르퀼[71]의 발자취를 따라가다가 길을 잃을까 두려우신
가요?

비너스가 길들이지 못한 용사가 누구입니까!
지금 비너스에 대항하는 왕자님은 어디에 계시겠어요?
125 만일 앙티오페[72]가 끝까지 비너스의 법칙에 대항하여
테제에게 정숙한 열정을 불태우지 않았다면 말입니다.
어쨌든 근사한 말로 감추려 한들 무슨 소용입니까?
고백하세요, 모든 것이 달라질 테니. 그러고 보니 며칠 전부터
전처럼 자주 뵐 수 없더군요. 거만하고 거칠게
130 날아갈 듯 해변에서 전차를 몰거나,
넵튠이 고안한 기술[73]을 능숙하게 구사하며
재갈 물린 거친 준마를 길들이는 모습을 말입니다.
숲에서 우리의 함성이 울리는 것도 뜸해졌고요.
비밀스러운 사랑의 불 때문에 두 눈이 몽롱해지셨어요.
135 틀림없습니다. 사랑하시는 겁니다. 불타고 계세요.
숨기시는 병으로 인해 죽을 지경이신 거예요.
그 매력적인 아리시가 마음에 드셨던가요?

이폴리트

테라멘, 나는 떠나오. 가서 아버님을 찾겠소.

테라멘

떠나기 전에 페드르를 만나지 않으시렵니까,
140 왕자님?

이폴리트

그럴 생각이오. 그분께 내 뜻을 알려주오.
만납시다. 그러는 것이 도리일 테니.
그런데 또 무슨 언짢은 일이 외논을 괴롭히는 걸까?

2 장

이폴리트, 외논, 테라멘.

외논

아이고, 왕자님! 어떤 근심을 제 근심에 견주겠습니까?
왕비님께서는 금방이라도 돌아가실 것 같아요.
밤이고 낮이고 열심히 보살핀 보람도 없이, 145
제게도 털어놓지 않는 병으로 제 품에서 숨지고 계세요.
끝없는 혼란이 그분의 정신을 억누르고 있어요.
불안스러운 고통 때문에 누워 계시지도 못합니다.
햇빛을 보고 싶어 하세요. 하지만 괴로움이 깊으신지라
제게 모두 물리치라고 명하십니다. 150
저기 오시네요.

이폴리트

알았다. 내가 여기서 나가겠다.
이 혐오스러운 얼굴을 보이지 않으마.

3 장

페드르, 외논.

페드르

더 나가지 말자, 여기서 멈추자, 외논.
이젠 서 있지도 못하겠어. 기력이 다 빠져나간다.
155 다시 보는 일광이 내 눈을 찔러 눈이 부시게 하네.
무릎이 떨려 몸을 지탱할 수가 없구나.
아아!
(주저앉는다.)

외논

전능하신 신들이여! 우리 눈물을 보시어 진노를 거두소서.

페드르

이 쓸데없는 장식, 이 너울들, 무겁기만 하구나!
어떤 성가신 손이 이 온갖 매듭을 묶어
160 내 이마에 머리카락들을 집결[74]시키려 애를 썼느냐?
모든 것이 나를 짓누르고, 해치고, 해치려고 결탁을 하는구나.

외논

어쩌면 저렇게 아까와 다른 말씀을 하시나!
마마께서 친히 마마의 부당한 계획을 돌이키시고는[75]

바로 조금 전에 마마를 치장하라고 우리 손을 재촉하셨
습니다.
마마께서 몸소 원기를 불러내려 애쓰시면서, 165
밖으로 나가서 빛을 보겠다 하셨습니다.
여기 빛이 있어요, 마마. 그런데 몸을 숨기려고 하시니,
마마께서 찾아 나오신 해가 싫으세요?

페드르

슬픈 가문의 고귀하고 빛나는 창시자,
그대, 내 어머님이 그 딸 됨[76]을 자랑하셨고, 170
아마도 내가 빠진 혼란에 얼굴을 붉힐
태양이여, 나 그대를 마지막으로 보러 왔소.

외논

예? 아직도 그 몹쓸 생각을 버리지 않으셨습니까?
아직도 삶을 포기하고 죽음을 준비하는
마마의 비통한 모습을 제가 보아야 합니까? 175

페드르

신들이여! 나는 왜 숲 그늘에 앉아 있지 못하나!
언제쯤이면 고상한 먼지[77]를 통해 아련히
경기장을 내달려 멀어지는 전차를 바라볼 수 있을까?

외논

뭐라고요, 마마?

페드르

미쳤구나, 내가 어디 있지? 내가 무슨 말

을 한 거지?

180 나의 맹세, 나의 정신은 어디를 헤매고 있는 것이냐?
정신을 잃은 거야. 신들이 그걸 쓸 수 없게 앗아갔어.
외논, 홍조가 뒤덮어서 얼굴이 온통 달아오른다.
내가 수치스러운 고통을 너무 많이 보여주는구나.
아무리 참으려 해도, 눈에 다시 눈물이 가득 고이네.

외논

185 아! 부끄러워하시려거든, 그 침묵을 부끄러워하세요.
그것이 마마의 괴로움을 더 격하게 만드니까요.
온갖 정성도 마다하시고, 아무 말도 듣지 않으시고,
그리 무정하게 생을 끝내려 하십니까.
어인 광폭함으로 아직 한창인 생을 끊어내려 하십니까.

190 무슨 마법, 무슨 독이 생명의 샘을 고갈시키는 겁니까.
잠이 마마의 눈에 찾아들지 않은 이래
세 번이나 어둠이 하늘을 검게 물들였고,
식음을 전폐하여 기력을 잃으신 이후
일광이 세 번이나 밤의 어둠을 몰아냈습니다.

195 무슨 끔찍한 생각에 마음을 빼앗기고 계신 겁니까?
무슨 권리로 마마 자신을 해치시려는 건가요?
마마는 마마에게 생명을 준 신들을 거역하고,
혼인 서약으로 맺어진 배필을 배신하며,
끝으로 가련한 자제 분들을 저버리시는 겁니다.

200 그분들을 가혹한 멍에 아래 밀어 넣으시는 거예요.

생각해보세요. 한날한시가 그분들에게서는 어머니를 앗아가고,
외국 여자의 아들에게는 희망을 돌려주는 셈이지요.
왕비님의 적이요, 왕비님 혈통의 그 오만한 적,
아마존 여인의 배에서 태어난 그 아들,
그 이폴리트……. 205

페드르

아, 맙소사!

외논

이 책망은 들리시나 봅니다.

페드르

가련한 사람아, 누구 이름을 입 밖에 내는가?

외논

잘됐어요! 노여워하시는 것이 당연해요.
그 끔찍한 이름에 떠시는 것을 보니 다행이에요.
그러니 사세요. 사랑이, 의무가 힘을 줄 겁니다.
사세요, 두고 보지 마세요. 스키티아[78] 여자의 아들이 210
아드님들께 가증스러운 영향력을 행사하며
그리스와 신들[79]의 가장 존귀한 혈통에 명령하는 것을.
하지만 조금도 미뤄서는 안 돼요. 매 순간이 왕비님을 죽이니까.
다 타버려 소진하기 직전인 마마의 생명에
불꽃이 남아서 다시 불붙일 수 있을 때 215

어서 서둘러 쇠약해진 기력을 다시 북돋우세요.

페드르

이 죄 많은 목숨을 나는 너무 오래 부지했어.

외논

예? 어떤 양심의 가책이 마마를 괴롭히는 건가요?
무슨 죄라도 지으셔서 그리 심한 고뇌에 짓눌리시나요?
220 무고한 피에 손을 적시신 건 아니겠지요?

페드르

하늘의 가호로 내 손은 전혀 죄가 없어.
내 가슴이 이 손처럼 순결하다면 좋으련만!

외논

하오면 무슨 끔찍한 계획을 품으셨기에
마마의 마음이 아직도 겁에 질리신 겁니까?

페드르

225 이미 충분히 말했다. 더는 묻지 말아다오.
나는 죽는다. 너무도 처참한 고백을 하지 않으려고.

외논

그렇다면 죽으세요, 그래서 비정한 침묵을 고수하세요.
하지만 마마의 눈을 감겨드릴 손은 다른 데서 찾으세요.
아무리 마마께 꺼질 듯한 명만 겨우 남아 있다 해도,
230 망자들의 나라에는 소인의 혼이 먼저 내려갈 겁니다.
언제든 거기로 데려다줄 길은 수천 갈래로 열려 있고,
저의 정당한 고통은 그중 가장 짧은 길을 택할 테니까요.

무정한 분, 언제 저의 성심이 마마를 실망시킨 적이 있나요?
마마가 태어날 때 이 팔이 받았던 걸 기억하시나요?
마마를 위해 고향도, 자식도 모두 떠나왔는데, 235
저의 충성에 마련해두셨던 상(賞)이 고작 이것입니까?

페드르

그렇게 심하게 몰아세워서 어쩌자는 것이냐?
내가 침묵을 깨면 너는 공포로 떨 터인데.

외논

그래 무슨 말을 하시든 그것이, 하느님 맙소사!
제 눈앞에서 죽어가는 마마를 보는 공포만 하겠습니까? 240

페드르

네가 내 죄를 알게 되고, 나를 짓누르는 숙명을 알아도,
나는 덜 죽지 않아, 더 죄 많은 몸으로 죽을 것이야.

외논

마마, 마마를 위해 흘린 제 눈물을 보셔서라도,
제가 안고 있는 마마의 허약한 무릎을 보셔서라도,
제 마음을 이 불길한 의혹에서 해방시켜주세요. 245

페드르

네가 원한 거다. 일어서라.

외논

말씀하세요. 듣겠습니다.

페드르

하늘이여! 뭘 말해야 하나! 어디서부터 시작하지?

외논

공연히 겁을 주어 괴롭히지 마시고요.

페드르

오, 비너스의 증오여! 오 숙명적인 분노여!

250 사랑은 어머니를 그 어떤 착란에 빠트렸던가![80]

외논

그 일은 잊읍시다, 마마. 앞으로 언제까지나
영원한 침묵이 그 기억을 덮어버리게 하십시다.

페드르

아리안,[81] 내 언니! 어떤 사랑에 상처 입고,
버림받은 그 해안에서 죽어갔던가!

외논

255 왜 그러세요, 마마? 무슨 깊은 근심이 있어서
오늘 마마의 혈육 모두에 대해 그리 흥분하시는 겁니까?

페드르

비너스가 원하기에, 이 가련한 혈통 가운데
마지막으로, 가장 비참하게, 나는 죽는다.

외논

사랑하세요?

페드르

사랑의 온갖 광증을 다 품고 있다.

외논

누구에게요? 260

페드르

네가 듣게 될 이름은 공포의 극치다.

나는 사랑해……. 그 치명적인 이름에 온몸이 떨리고,

전율한다.

나는 사랑해…….

외논

누굽니까?

페드르

아마존의 아들, 알지?

나 자신이 그토록 오랫동안 핍박해온 그 왕자 말이야.

외논

이폴리트? 하느님 맙소사!

페드르

그 이름을 발설한 건 너다.

외논

하늘이여! 혈관 속의 피가 모두 얼어붙는구나. 265

오, 절망이다! 오, 죄악이다! 오, 가엾은 가문이다!

불운한 여행![82] 불행한 해안이여,

위험한 너의 연안에 꼭 왔어야 했나?

페드르

내 병은 더 예전에 시작되었어. 결혼의 율법 아래

270 에제[83]의 아들과 맺어지고 난 지 얼마 안 돼,
나의 평안과 나의 행복이 굳건해진 것 같았건만,
아테네는 나에게 오만한 적을 보여주더구나.
나는 그를 보았고, 그를 보자 붉어지고 새하얘졌어.
넋이 나간 내 영혼 속에서 혼란이 일었다.
275 눈은 더 이상 볼 수 없었고, 더 이상 말도 할 수 없었어.
내 몸이 온통 타오르고 얼어붙는 게 느껴졌다.
나는 알아보았어. 비너스를, 두려운 그의 불길을,
비너스가 쫓고 있는 가문의 피할 수 없는 고통을.
열심히 기도하면 모면할 수 있을 줄 알았어.
280 비너스를 위해 사원을 짓고, 정성껏 장식했지.
나 자신 밤낮 없이 희생 제물에 둘러싸여서
그것들의 뱃속에서[84] 길 잃은 내 이성을 찾고 또 찾았다.
치유할 수 없는 사랑에 효력 없는 약들이여!
내 손으로 직접 제단에 향을 피워도 허사였다.
285 내 입이 여신의 이름을 부르며 애원하고 있을 때,
내가 예배 드린 신은 이폴리트, 줄곧 그의 모습만 떠올리며,
향을 피워 올린 제단 아래 엎드려서도,
감히 이름 부를 수 없는 그 신에게 모든 걸 바쳤던 거야.
어디서든 그를 피해 다녔지. 오, 가련함의 극치여!
290 내 눈은 부왕의 얼굴에서조차 그를 찾아내곤 했어.
마침내 나는 나 자신에게 저항하기로 결심했지.

용기를 북돋아 그를 박해하기까지 했어.
나의 우상인 내 적(敵)을 쫓아내기 위해
공정하지 못한 계모의 불평까지 꾸며냈어.
추방하라고 조르면서, 끝없이 비난을 퍼부어, 295
그를 아버지의 가슴과 품에서 떼어놓았어.
숨이 트이더구나, 외논. 그가 보이지 않게 되자
조금 잔잔해진 나의 일상은 무죄 속에 흘러갔지.
남편에게 순종하며, 괴로움을 감추고,
비운의 결혼이 남긴 열매들을 키웠어. 300
그 모두가 부질없는 방책들! 운명의 잔인함이여!
다른 사람도 아닌 남편에게 이끌려 트레젠으로 와서
내가 멀리 보낸 그 적을 다시 보게 되자,
너무도 생생한 나의 상처는 곧 피를 흘렸다.
그것은 이제 내 혈관 속에 숨어 있는 격정이 아니야. 305
그건 온몸으로 먹이에 들러붙은 비너스 자신이야.
나는 나의 죄에 대해 품어 마땅한 공포를 갖게 됐어.
살아 있다는 것을 증오했고, 내 사랑의 불꽃을 혐오했어.
죽음으로 내 명예를 지키고 싶었고,
일광으로부터 이처럼 어두운 불꽃을 떼어내고 싶었어.
그런데 너의 눈물, 너의 비난을 견딜 수가 없었구나. 310
이제 난 모두 털어놓았고, 그걸 후회하진 않아.
네가 머지않은 내 죽음을 존중해서
부당한 책망으로 괴롭히지만 않으면,

315 그리고, 곧 사그라질 남은 온기를 되살리려는
너의 헛된 조치들을 거두기만 한다면.

4 장

페드르, 외논, 파노프.

파노프

차마 아뢰지 못할 비보, 숨기고 싶습니다,
왕비님. 하지만 알려드리지 않을 수 없습니다.
죽음이 불굴의 용사인 마마의 부군을 앗아갔습니다.
320 이제 이 불행을 모르는 사람은 왕비님뿐이십니다.

외논

파노프, 무슨 말을 하는 거냐?

파노프

왕비님만 상황을 모르고
헛되이 테제 왕의 환국을 빌고 계신 거란 말입니다.
그 아드님 이폴리트는 항구에 도착한 배들을 통해
방금 전 부왕의 서거 소식을 들으셨답니다.

페드르

325 이럴 수가!

파노프

아테네는 국왕 결정 문제로 분열되었어요.
한쪽에서는 왕비님의 아드님을 옹립하려 합니다만, 마마,
다른 쪽에서는 국법을 망각하고 감히
외국 여자의 아들을 지지한다고 합니다.
무엄하게도 아리시를, 팔랑트의 핏줄을
왕좌에 앉히려는 음모마저 있다고 합니다. 330
왕비님께 이런 위험을 알려야 한다고 생각했습니다.
게다가 이폴리트는 벌써 출발 채비를 마쳤습니다.
이 새로운 격동 가운데 그가 등장할 경우
변덕스러운 백성들이 모두 그쪽으로 쏠릴까 걱정입니다.

외논

파노프, 그만 됐다. 마마께서 다 알아들으셨으니 335
그 소중한 충고, 소홀히 하지 않으실 것이다.

5장

페드르, 외논.

외논

마마, 저는 사셔야 한다고 우길 생각을 포기했었습니다.
벌써 왕비님을 따라 무덤까지 갈 생각을 하고 있었어요.

왕비님의 생각을 돌려놓을 말이 더 이상 없었으니까요.
340 하지만 예상하지 못한 불행이 마마께 다른 의무를 지우는군요.
왕비님의 운명이 바뀌고 보니 사태가 달라졌어요.
이제 왕이 안 계시니, 마마, 그분을 대신하셔야 합니다.
그분은 왕비님이 돌보셔야 할 아드님을 남기셨습니다.
왕비님이 돌아가시면 노예요, 살아 계시면 왕이 되실 분이지요.
345 왕자님이 불행 중에 누구를 의지하시겠습니까?
눈물을 흘리셔도 닦아드릴 손이 없을 겁니다.
그렇게 되면 죄 없는 그분의 절규가 신들에게까지 이르러
조상님들로 하여금 그 어머니를 향해 진노하게 할 겁니다.
사셔야 합니다, 이제 자책하실 일이 아무것도 없습니다.
350 왕비님의 사랑은 정상적인 사랑이 되었습니다.
왕께서는 돌아가심으로써 매듭을 풀어주셨어요.
왕비님 사랑을 끔찍한 죄로 만든 그 인연을요.
이젠 이폴리트도 왕비님께 위험한 존재가 아니지요.
그러니 이제 그를 만나셔도 죄 될 것이 없습니다.
355 아마 이폴리트는 왕비님의 적의를 확신하고서
반도(叛徒)의 괴수(魁首)가 될지도 몰라요.
그의 오해를 풀어주고, 그의 대담성을 누그러뜨리세요.
그는 이 행복한 땅의 왕이니, 트레젠은 그의 몫입니다.
하지만 그도 압니다. 미네르바가 세운 웅장한 성채는

국법상 마마 아드님의 몫이라는 것을. 360

왕비님에게나 왕자님에게나 국법상의 적이 하나 있지요.

두 분이 연합해서 아리시와 싸워 이기세요.

페드르

아, 그래! 네가 하자는 대로 하마.

살자꾸나, 사는 쪽으로 날 다시 데려가준다면,

아들을 사랑하는 마음이, 이 참담한 순간에 365

쇠잔한 기력의 여력이나마 되살릴 수 있다면.

| 2막 |

1 장

아리시, 이스멘.

아리시

이폴리트가 여기서 나를 보자고 한다고?
이폴리트가 나를 찾아 작별을 고하고자 한다고?
이스멘, 사실이냐? 잘못 들은 건 아니냐?

이스멘

370 테제 왕의 사망이 가져온 첫 번째 결과죠.
두고 보세요, 테제 왕이 배척했던 사람들이
이제 사방에서 마마께 날아올 겁니다.

드디어 공주님은 공주님 자신의 운명의 주인이 되셨으니,
머지않아 그리스 전체가 공주님의 발아래 엎드릴 거예요.

아리시

그러니까 이스멘, 그게 뜬소문이 아니란 말이지? 375
이제 나는 노예가 아니고, 더 이상 적도 없단 말이지?

이스멘

그럼요, 공주님, 신들도 이젠 공주님의 적이 아니죠.
테제 왕도 오라버님들과 마찬가지로 죽어서 혼백이 되었어요.

아리시

어떤 사고가 그의 명을 끊었다더냐?

이스멘

그의 사망에 관해서는 믿기 어려운 말들이 많아요. 380
새 애인을 후리러 다니는 그 불성실한 남편을
파도가 집어삼켰다고도 하고요.
심지어는, 파다하게 퍼진 소문인데,
그가 피리토위스[85]와 함께 저승으로 내려가서
코시트 강[86]과 어둠의 나라를 보았고 385
산 채로 지옥의 망령들에게 나타났다는 거예요.
그런데 그 음산한 죽음의 처소를 빠져나오지 못했고,
한번 가면 돌아오지 못하는 경계를 되넘지 못했다는 거죠.

아리시

사람이 자기의 마지막 때가 되기도 전에

390 망자들이 거하는 깊은 처소에 잠입할 수 있다는 말이냐?
무엇에 홀려서 그 무서운 데를 간단 말이냐?

이스멘

테제 왕은 죽었어요, 공주님, 공주님만 그걸 믿지 않으세요.
아테네는 초상집이고, 트레젠은 그 소식을 듣자
벌써 이폴리트를 자기네 왕으로 인정했어요.
395 페드르는 이 궁전에서 아들 때문에 걱정하며
혼란에 빠진 측근들에게 조언을 구하고 있고요.

아리시

그래 너는 이폴리트가 그 아비보다 인간적이어서
나의 굴레를 가볍게 해주리라고 믿느냐?
그가 나의 불행을 가엾이 여길 것 같으냐?

이스멘

공주님, 그럴 거예요.

아리시

400 냉정하기가 목석 같은 이폴리트를 네가 겪어보았느냐?
뜬금없이 무슨 근거로, 그가 날 동정하리라는 거냐?
여자를 경멸하는 그가 오직 나만은 예외로 존중해줄까?
언제부턴가 우리의 발걸음을 피해 다니고,
미주치지 않으려고 애쓰는 걸 너도 알면서.

이스멘

그분의 냉정함에 대해 사람들이 하는 말은 저도 다 알아요. 405
하지만 전 그 거만한 이폴리트가 공주님 곁에 있을 때 보았어요.
게다가 그분을 뵐 때, 그 오만함에 대한 소문이
그분에 대한 저의 호기심을 더욱 자극했지요.
직접 뵈니 소문과는 전혀 딴판이었습니다.
공주님이 처음 눈길을 준 순간부터 당황하시더군요. 410
그분의 눈은 헛되이 공주님을 피하려 애쓰면서도
벌써 번민으로 가득 차 공주님에게서 떠날 줄을 모르더군요.
애인이라는 호칭이 그분의 자존심엔 상처가 될지 모르죠.
하지만 애인의 말을 하진 않아도, 눈은 분명 애인의 눈이에요.

아리시

이스멘아, 이 내 마음이 얼마나 열렬하게 415
별 근거도 없는 네 이야기를 경청하는지!
오, 나를 잘 아는 너! 있을 법이나 한 일이었니?
비정한 숙명의 가련한 장난감이요,
날마다 쓰라림과 눈물로 연명하는 이 가슴이,
사랑을, 그 미칠 듯한 고통을 알게 되는 것이? 420
나는 대지의 아들이신 대왕[87]의 혈육 중에
격전에서 살아남은 유일한 생존자야.

꽃다운 청춘의 오라버니 여섯을 잃었다.
눈부신 가문의 찬란한 희망이던 그분들을!
425 검이 모두 앗아갔어, 피에 젖은 대지는
마지못해 에렉테[88] 자손들의 피를 마셨지.
너도 알지, 오라버니들이 돌아가신 후 얼마나 혹독한 법이,
그리스인 모두에게 나를 사모하는 걸 금하고 있는지.
역심 품은 누이의 무모한 사랑의 불꽃이
430 언젠가 오라비들의 재에 다시 불을 지필까 두려운 거지.
하지만 너는 또 의심 많은 승자의 그런 방비책을
내가 얼마나 경멸의 눈으로 보았는지도 잘 알 거야.
너도 알다시피, 나는 항상 사랑에 등을 돌리고서,
그런 냉혹한 조처가 다행히 사랑 따윈 우습게 여기는 나를 도와주니
435 부당한 테제가 고마울 따름이라고 말하곤 했지.
그때는 내 눈이, 이 눈이 그의 아들을 보지 못했구나.
수치스럽게 오직 눈으로만 매혹되어,
그의 용모와 칭찬 자자한 매력을 사랑하는 건 아니야.
그것들은 그를 영광스럽게 하려고 자연이 부여한 선물이건만,
440 정작 그 자신은 대수롭지 않게 여기며 모르는 것 같더구나.
내가 그에게서 사랑하고 평가하는 것은 보다 고상한 자산이야.

아버지에게서 물려받은 용덕 말이다. 부친의 약점[89]은
전혀 없이.
나는 사랑해, 고백하겠어, 그 고결한 오만함,
사랑의 멍에 아래 몸 굽혀본 적 없는 그 오만함을 사랑해.
테제의 한숨을 페드르가 자랑 삼아도 소용없어. 445
나, 나는 더 자존심이 강해서
하고많은 여인에게 바친 찬사를 얻어 듣거나
사방으로 열린 마음속에 들어가는 손쉬운 명예는 싫어.
굽힐 줄 모르는 마음을 굴복시키고,
목석같은 가슴에 번뇌를 심어주고, 450
사슬에 묶여버린 것에 소스라치면서도
내심 달콤한 멍에에 헛되이 반항하는 포로를 끌고 가는
것,
그게 바로 내가 원하고, 나를 흥분시키는 거야.
무장 해제하기는 이폴리트보다 헤라클레스가 더 쉬웠어.
훨씬 많은 여자에게 굴복당하고, 훨씬 빨리 항복했으니 455
그를 매혹시킨 눈에 부여해줄 명예도 훨씬 적을 수밖에.
그렇지만, 이스멘, 아아! 나는 얼마나 경솔한가!
나에게 돌아올 것은 너무도 격렬한 저항뿐인 것을.
아마도 넌 듣게 되겠지, 내가 시름 가운데 기가 꺾인 채
오늘 내가 찬미하는 바로 그 오만함 때문에 신음하는 소 460
리를.
이폴리트가 사랑할까? 어떤 엄청난 행운으로

내가 꺾을 수 있을까 그의…….

이스멘

직접 듣게 되실 거예요.

그분이 오십니다.

2장

이폴리트, 아리시, 이스멘.

이폴리트

공주님, 떠나기 전에

공주님의 처지를 알려드려야 한다고 생각했습니다.

465 아버님은 돌아가셨습니다. 너무 오래 돌아오지 않으셔서,

불길한 생각이 들더니, 제 짐작이 맞았습니다.

오직 죽음만이 그분의 빛나는 업적을 중단시켜,

그토록 오랫동안 그분을 찾을 수 없게 했던 거지요.

신들은 결국 알시드의 친구이자 동료요, 계승자인 그분을

470 명(命)을 자르는 파르크[90)]에게 넘기고 마는군요.

그분을 미워하는 당신의 마음도, 그분의 용덕을 보아,

그분께 드려 마땅한 이 호칭을 너그러이 들어주시겠지요.

다만 한 가지 희망만이 제 지극한 슬픔을 달래줍니다.

공주님을 준엄한 감시에서 풀어줄 수 있다는 것 말입니다.

이제 나는 안타깝게 여겨왔던 그 가혹한 법을 파기합니다. 475
당신과 당신의 마음을 당신 뜻대로 하셔도 됩니다.
그러니, 오늘은 내 몫의 땅이요
예전에는 나의 선조 피테가 물려받은 땅,
주저 없이 나를 왕으로 인정한 이 트레젠에서,
당신은 나만큼, 아니 나보다 더 자유로운 몸이오. 480

아리시

친절이 지나치시니 당황스럽기만 합니다.
그처럼 관대한 배려로 불운한 저를 존중해주시는 것은
왕자님, 왕자님의 생각 이상으로 얽매이게 한답니다.
면해주시려는 그 준엄한 법에 말입니다.

이폴리트

후계자를 결정짓지 못한 아테네는 485
당신도 거론하고, 나나 왕비의 아들도 거명한다고 하오.

아리시

저를요, 왕자님?

이폴리트

헛된 기대 따위는 제게 없습니다.
거만한 법이 저를 배제하는 듯하다는 것을 아니까요.
그리스는 내 어머니가 외국인인 것을 문제 삼습니다.
하지만 만일 경쟁자가 내 동생뿐이라면 490
공주님, 나는 그를 누를 당당한 권리를 가졌고,
그것을 법의 변덕에서 구할 수도 있겠지요.

과감하게 행동하지 않는 이유는 더 합법적인 권리자가
있어섭니다.
공주님께 양보, 아니 차라리 돌려드린다고 말씀드리지요.
495 오래전에 공주님의 선조가 물려받은 자리,
대지가 낳은 그 유명한 인물에게서 받은 왕홀을.
에제는 양자가 되어 그것을 손에 넣었던 겁니다.[91]
내 아버지가 확장하고 보호한 아테네는
그토록 용감한 왕을 기꺼이 인정하고,
500 당신의 불운한 오라버니들을 망각 속에 버려두었지요.
그랬던 아테네가 지금 당신을 성 안으로 부르고 있어요.
이젠 충분해요. 기나긴 분쟁으로 아테네가 신음해온 것이.
이젠 충분합니다. 아테네의 밭고랑들이 삼킨 당신 혈육의 피가
그 피를 준 대지 위에 자욱이 김 서리게 한 것도 말입니다.
505 트레젠은 내 뜻을 따르고 있습니다. 페드르의 아들에겐
크레타의 벌판이 호사스러운 은둔지가 될 것이고.
아티카는 당신의 것입니다. 나는 떠납니다. 가서 당신을 위해
우리 둘, 양편으로 갈린 소망을 하나로 만들 겁니다.

아리시

들려주시는 말씀마다 놀랍고 당황스러워
510 두려울 지경입니다. 꿈이 아닌지 두렵습니다.
제가 깨어 있나요? 그 같은 계획을 믿어도 될까요?

어떤 신이, 왕자님, 어떤 신이 그런 생각을 품게 했나요?
도처에서 칭송이 자자한 것이 당연하군요!
게다가 진실은 소문을 훨씬 능가하는군요!
왕자님이 자진하여, 저를 위해, 자신을 저버리시렵니까? 515
저를 미워하시지 않는 것만으로도,
그토록 오랫동안 그 증오로부터
왕자님의 영혼을 지키신 것만으로도…….

이폴리트

내가, 당신을 미

워해요, 공주님?
사람들이 나의 오만을 다소 과장되게 채색했다 하더라도,
내가 무슨 괴물의 배에서 태어나기라도 했다는 말입니까? 520
제아무리 거친 성정이요, 굳을 대로 굳은 증오심인들,
당신을 보고 누그러지지 않을 수 있을까요?
내 어찌 혼을 빼는 마력에 저항할 수…….

아리시

뭐라고요, 왕자님?

이폴리트

내가 지나쳤습니다.

이성이 격정에 지고 마는군요. 525
이미 침묵을 깨기 시작했으니, 공주님,
계속할 수밖에 없습니다. 당신께 고백해야겠습니다.
더 이상 마음속에 가두어놓을 수 없는 이 비밀을.

당신이 눈앞에 보시는 것은 가련하기 짝이 없는 왕자,
530 후세에 길이 남을 무모한 오만의 본보기랍니다.
거만스럽게 사랑에 대적해 반항하면서,
그것의 포로들을 묶은 사슬을 오랫동안 모욕했던 나,
연약한 인간이 난파되는 것을 가련하게 여기며
언제까지나 해변에서 폭풍을 구경하리라 마음먹었던 내가,
535 이제는 보통 사람들과 같은 법의 노예가 되어,
이 무슨 혼란에 휩쓸려 이렇게도 나 자신과 멀어져버렸는지!
나의 치기 어린 만용은 일순간에 꺾이고 말았어요.
그토록 고고한 이 영혼이 결국 예속되고 만 겁니다.
육 개월 가까이나 수치스럽게, 절망에 빠져,
540 내 마음을 찢어놓은 화살을 어디든 달고 다니면서,
당신에게, 그리고 나 자신에게 헛되이 항거합니다.
당신이 눈에 보이면 피하고, 보이지 않으면 찾고.
깊은 숲속까지 그대 모습이 나를 따라옵니다.
한낮의 일광도, 밤의 어두운 그림자들도,
545 모든 것이 피하고 싶은 이의 매력을 내 눈에 그려 보입니다.
모든 것이 앞 다투어 반항하는 이폴리트를 당신에게 넘겨주는 거예요.
나도 이젠 보람도 없이 기울인 과도한 노력의 열매로,
오직 나 자신만이라도 찾으려 하지만, 더 이상 찾을 수가

없습니다.
활도, 창도, 전차도, 모두 귀찮기만 합니다.
넵튠이 가르쳐준 것들조차 더 이상 기억이 나지 않아요. 550
숲 속에 울려 퍼지는 것은 오직 나의 신음뿐,
한가해진 내 말들은 내 목소리도 잊어버렸어요.
아마도 이처럼 거친 사랑의 이야기를 들으시고는,
그대가 만든 작품에 얼굴을 붉히실 테지요.
당신께 바치는 마음을 이렇게 사납게 전하다니! 555
그처럼 아름다운 인연에 이런 이상스러운 포로라니!
그렇지만 그 때문에 당신께 바치는 이 봉헌이 더 값질 겁니다.
그대에게 하는 이 말이 나로서는 모르는 언어임을 생각하여,
서투르게 표현한 이 마음을 저버리지 말아주오.
당신이 아니었더라면 이폴리트가 결코 하지 않았을 말이니. 560

3 장

이폴리트, 아리시, 테라멘, 이스멘.

테라멘

왕자님, 왕비께서 오시기에, 제가 앞질러 왔습니다.
왕자님을 찾으십니다.

이폴리트

나를?

테라멘

무엇 때문인지는 모릅니다.
아무튼 그분 편에서 사람을 보내셨습니다.
왕자님 출발 전에 하실 말씀이 있다고요.

이폴리트

565 페드르가? 무슨 말이지? 그리고 내게 뭘 기대…….

아리시

왕자님, 그분의 말씀을 듣지 않을 수는 없습니다.
그분의 적의를 아무리 잘 아신다고 하여도,
그분 눈물에 얼마간 동정하는 기색은 표하셔야죠.

이폴리트

그동안 나가십시오. 그리고 저는 떠나겠습니다. 한데, 모르겠군요,
570 이 마음을 사로잡아 경배하게 만든 분을 모욕하는 것은

아닌지!
당신 손에 맡긴 이 마음이 혹시라도…….

아리시

떠나세요, 왕자님, 당신의 고결한 계획을 따르세요.
아테네가 제 권력 아래 놓이도록 만들어주세요.
당신이 제게 주시고자 하는 것을 모두 받겠어요.
하지만 그처럼 크고, 그처럼 영광된 지배권도 575
당신이 제게 주신 것 중 가장 값진 것은 아니랍니다.

4장

이폴리트, 테라멘.

이폴리트

친구여, 다 준비되었나요? 그런데 왕비가 오는군.
가시오. 모두 신속히 출발 준비를 하라고 하시오.
지시하라고 하시오, 달려요, 명하시오, 그런 다음 돌아와
이 거북한 대면에서 속히 나를 구해주시오. 580

5장

페드르, 이폴리트, 외논.

페드르

(외논에게)
왔구나. 온몸의 피가 심장으로 역류한다.
그를 보니, 하려던 말을 모두 잊어버렸다.

외논

오직 마마밖에 기댈 사람이 없는 아드님을 기억하세요.

페드르

갑작스러운 출발로 우리를 떠나신다고 들었어요.
585 왕자님, 그대의 고통에 내 눈물을 보태러 왔습니다.
아들에 대한 걱정을 털어놓으려고 왔어요.
내 아들은 아버지를 잃었고, 이제
내 죽음까지 지켜봐야 할 날이 멀지 않았습니다.
벌써 수많은 적이 어린 그 아이를 공격합니다.
590 그들에게서 그 아이를 보호해줄 사람은 왕자님뿐이에요.
그런데 남모르는 후회가 제 마음을 불안하게 하는군요.
그 아이의 비명에 귀를 막으시게 한 것 같아 두려워요.
왕자님의 정당한 분노가 혐오스러운 어미에 이어
곧 그 아이에게까지 미치지 않을까 떨립니다.

이폴리트

마마, 그렇게 비열한 감정 따위는 제게 없습니다. 595

페드르

나를 미워하시더라도, 나는 불평하지 않을 거예요.
왕자님, 그대를 해치려고 열심인 나를 보셨고,
내 마음 깊은 곳까지는 읽으실 수 없었으니까.
나는 왕자님의 미움을 사려고 안간힘을 썼어요.
내가 사는 곳에 그대가 있는 것이 견딜 수 없었지요. 600
내놓고건, 은밀히건 그대에 대한 적의를 선언하고,
바다를 사이에 두고 멀리 떨어져 지내기를 바랐지요.
내 앞에서는 그대 이름도 입 밖에 내지 말라고
엄명을 내려 금하기까지 했습니다.
하지만 고통을 가한 정도에 따라 벌을 정하고, 605
오직 미움만이 그대의 미움을 살 수 있는 것이라면,
나보다 더 동정받을 만한 여자가 없고,
그대의 증오, 나보다 덜 받을 만한 여자도 없을 겁니다.

이폴리트

자기 자식의 권리에 집착하는 어머니가
다른 아내의 아들을 용인하는 것은 드문 법이죠. 610
마마, 저도 잘 압니다. 성가신 의심들이야말로
두 번째 결혼의 가장 흔한 결과라는 것을.
다른 분이었어도 저에게 같은 의심을 품으셨을 테고,
아마 저는 더 심한 모욕을 견뎌야 했을지 모릅니다.

페드르

615 아, 왕자님! 하늘은, 감히 여기서 보증하건대, 하늘은,
그 보편적인 법칙에서 나를 제외시키려 했던 거예요!
그것과는 전혀 다른 근심이 얼마나 나를 괴롭히고, 짓이
기는지!

이폴리트

마마, 아직은 그렇게 괴로워하실 때가 아닙니다.
아마도 왕께서는 아직 살아 계실 겁니다.
620 하늘도 우리 눈물을 봐서 그분을 돌려보내실 겁니다.
넵튠이 그분을 보호하십니다. 그 수호신은
아버님의 애원을 헛되게 하지 않을 겁니다.

페드르

누구도 망자들의 나라를 두 번 볼 수는 없어요,
왕자님. 테제께서 그 어두운 기슭을 보았으니,
625 어떤 신이 그분을 돌려보내리라 기대함은 부질없는 일.
탐욕스러운 아케롱 강은 제 먹이를 결코 놔주지 않아요.
무슨 말이지? 그분은 죽지 않았어. 그대 안에 숨쉬고 있
으니.
여전히 눈앞에 남편을 보고 있는 것 같은걸.
그를 보고, 그에게 말하고, 이 가슴이……. 정신이 나갔
구나,
630 왕자님, 미친 격정이 그만 나도 모르게 튀어나오는군요.

이폴리트

마마의 사랑이 그처럼 놀라운 현상을 빚어내는군요.
돌아가셨는데도, 왕께서는 마마의 눈앞에 현존하시는군요.
마마의 영혼은 여전히 그분에 대한 사랑으로 불타고 있군요.

페드르

그래요, 왕자님, 난 테제 때문에 시들고, 불타올라요.
난 그분을 사랑해요. 지옥에 나타난 그, 635
각양각색의 수많은 여인들을 숭배한 변덕스러운 연인,
지옥 신의 잠자리까지 모욕하러 간 그런 자가 아니라,
신실하고, 하지만 오만하고, 약간 거칠기까지 한 그,
매력적이고, 젊고, 모든 여인의 마음을 사로잡아 끌고 다니는,
사람들이 그려 보이는 우리의 신들, 아니면 내 눈에 보이는 당신 같은 그를. 640
그이는 당신의 풍채, 당신의 눈빛, 당신의 말투를 가졌었지.
바로 이런 고귀한 수줍음이 그분의 얼굴을 물들이고 있었어.
미노스의 딸들이 흠모하기에 합당한 분으로서
우리 크레타 섬의 파도를 건너왔을 때 말이에요.
그때 당신은 뭘 하고 있었죠? 왜 그리스는 645

이폴리트를 빼고 영웅들을 선발했을까?
왜 그랬어요? 왜 그때 당신은 그다지도 어려서,
그를 우리 땅으로 싣고 온 그 배에 타지 못했나요?
거대한 미궁이 아무리 복잡했어도,
650 크레타의 괴물은 당신 손에 죽었을 텐데.
진로를 알 수 없는 그 궁지를 헤쳐나가도록,
언니가 운명의 실로 당신의 손을 무장해주었을 텐데.
아니, 아니야, 그 계획에서는 내가 언니를 앞질렀을 거야.
사랑이 내게 먼저 그 생각을 불어넣어줬을 거야.
655 그건 나예요. 왕자님, 꼭 필요한 방식으로
미궁의 에움길들을 가르쳐주었을 사람은 바로 나예요.
이 사랑스러운 얼굴을 위해 얼마나 고심했을까?
실 따위는 당신의 연인을 안심시킬 수 없었을 거예요.
당신이 무릅써야 할 위험을 함께할 동반자로서
660 나 스스로 당신이 가는 길에 앞장서려고 했을 거야.
그래서 당신과 더불어 미궁으로 내려간 페드르는
당신과 함께 살아 오든지, 아니면 함께 죽었을 텐데.

이폴리트

신이여! 이게 무슨 말입니까? 마마, 잊으셨습니까?
테제께서 제 아버지시고, 마마의 지아비임을?

페드르

665 무슨 근거로 내가 그걸 잊었다고 생각하는 거요,
왕자님? 명예를 생각하는 마음을 내가 다 잃었다는 거요?

이폴리트

마마, 용서하십시오. 얼굴을 붉히며 고백합니다.
무구한 말씀을 오해하여 비난했습니다.
부끄러워 더 이상 마마를 뵐 낯이 없으니,
저는 이만……. 670

페드르

아! 잔인한 사람, 너는 너무 잘 알아들었다.
네가 오해하려야 할 수 없을 만큼 난 충분히 말했어.
그래 자! 페드르가 누군지 잘 봐라. 페드르의 광증까지 모두.
그래 난 사랑한다. 그러나 오해는 마라. 내가 너를 사랑할 때,
내 눈에 내가 무죄로 보여서 스스로를 인정한다고,
내 이성을 흐리게 한 사랑의 독을 내가 675
야비한 자기 타협으로 키워왔다고 생각하진 마라.
신들의 복수에 불운한 대상이 된 나,
네가 나를 싫어하는 것보다 훨씬 더, 내가 나를 혐오한다.
신들이 증인이야, 내 몸속 내 모든 피에
운명의 불을 지른 그 신들, 680
나약한 여인의 마음을 현혹하는 것을
잔인한 영광으로 삼는 그 신들이.
너 스스로 네 머릿속에 과거를 떠올려봐라.
너를 피하는 것으로는 모자라서, 잔인한 자야, 쫓아냈어.

685 나는 네게 가증스럽게, 비정하게 보이려고 애썼어.
너에게 저항하기 위해 너의 미움을 자청했던 거지.
그 부질없는 수고들이 다 무슨 소용이 있었나?
네가 날 더 미워하게 되어도, 나는 너를 덜 사랑하지 않았는데.
불행마저도 네게 새로운 매력을 더하더구나.
690 나는 불 속에서, 눈물 속에서, 시들고 메말랐다.
그걸 확인하는 데는 네 눈만으로도 충분할 거다,
한순간이라도 날 바라보기만 한다면 말이야.
무슨 말을 하고 있나? 지금 막 털어놓은 이 고백,
이 치욕스러운 고백, 이것도 하고 싶어 하는 줄 아느냐?
695 차마 저버릴 수 없는 자식 때문에 두려워 떨며
그 아이를 미워하지 말아달라고 말하러 왔는데,
제가 사랑하는 것으로만 가득 찬 마음의 부질없는 계획이었구나!
슬프구나! 나는 네 이야기밖에는 할 수가 없다.
나한테 복수해라, 이 추악한 사랑을 벌해.
700 네게 생명을 준 영웅의 아들답게
네 화를 돋우는 괴물을 세상에서 처치해.
테제의 미망인이 감히 이폴리트를 사랑한다고?
내 말 들어, 이 끔찍한 괴물이 네 손을 벗어나면 안 돼.
여기 내 가슴이 있어. 네 손으로 쳐야 할 곳이 바로 여기야.
705 벌써 자기 죄를 갚겠다고 안달이 나서

내 가슴이 네 팔 앞으로 나아가는구나.
쳐라. 혹여 네 손으로 칠 가치도 없다고 생각한다면,
네 증오가 그토록 달콤한 형벌조차 아깝다고 여긴다면,
혹여 너무나 더러운 피에 네 손을 적실 것 같으면,
팔 대신 검이라도 빌려다오. 710
이리 줘.

외논

뭐 하십니까, 마마? 아이고 맙소사!
사람들이 와요. 사람들이 볼까 봐 끔찍합니다.
오세요, 들어가세요. 창피를 면할 길 없으니, 피하세요.

6장

이폴리트, 테라멘.

테라멘

달아나는 이가 페드르입니까? 아니 차라리 끌려가는 것 같은데요?
무슨 일입니까, 왕자님. 왜 그렇게 괴로운 표정이세요? 715
검도 없이, 말문이 막힌 채 핏기도 없으니.

이폴리트

테라멘, 도망칩시다. 도저히 믿을 수가 없구려.

나 자신을 바라보는 게 소름 끼칠 지경이오.
페드르가……. 아니, 아이고 하느님! 깊은 망각에
720 이 끔찍한 비밀을 묻어두어야 해.

테라멘

떠나려 하신다면, 배는 다 준비되었습니다.
그런데 왕자님, 아테네는 벌써 공표했답니다.
아테네의 원로들이 모든 부족의 의견을 물었답니다.
아우님이 우세입니다. 페드르 왕비가 이겼어요.

이폴리트

725 페드르가?

테라멘

아테네의 뜻을 위탁받은 사자가
그분 수중에 국권을 맡기러 온답니다.
그분의 아드님이 왕입니다, 왕자님.

이폴리트

신들이여, 그 여자를
알면서,
그래 그 여자의 덕성(德性)에 상을 내리는가?

테라멘

그런데 왕께서 살아 계시다는 어렴풋한 소문이 있어요.
730 테제께서 에피르에 나타나셨다는 겁니다.
하지만 그곳을 뒤져본 저는, 왕자님, 너무 잘 아는데
…….

이폴리트

상관없소, 모두 들어보고, 하나도 소홀히 하지 맙시다.
소문을 조사하고, 그 출처를 캐봅시다.
그 소문이 내 계획을 중단시킬 만한 것이 못 된다면,
떠납시다. 가서 무슨 대가를 치르든, 735
왕홀은 그것을 쥘 자격이 있는 손에 넘겨줍시다.

| 3막 |

1 장

페드르, 외논.

페드르

아! 왕관이니 왕홀이니 다른 데나 가져가라고 해라.
성가신 사람아, 나더러 사람들 앞에 나서라는 말이냐?
그런 것들로 이 괴로운 마음을 달래겠다는 것이냐?
740 차라리 날 숨겨다오, 나는 너무 많이 말했다.
내 광증이 무엄하게도 밖으로 넘쳐나 버렸어.
결코 발설하지 말아야 할 것을 말해버린 거야.
아아! 그가 내 말을 어떻게 듣던가! 그 매정한 자는

요리조리 내 말을 오래도 피하더구나!
그저 한시라도 빨리 달아나려고 안달이더구나! 745
그가 얼굴을 붉히는 것을 보니 내 치욕은 두 배가 되었다!
너는 왜 죽으려는 내 생각을 돌려놓았느냐?
슬프다! 그의 칼이 내 가슴을 찌르려는 순간,
그가 나 때문에 창백해지던가? 칼을 빼앗으려고나 하던가?
손 한 번 댄 것, 오직 그것만으로 내가 그 칼을 750
소름 끼치는 물건이 되게 한 거야, 그 비정한 자의 눈에.
그래 그 불운한 칼이 자기 손까지 더럽힐 거란 것이지.

외논

이렇게 불행 가운데 틀어박혀 한탄만 하면서
꺼버려야 마땅할 불을 오히려 키우시면 어쩝니까.
미노스의 혈통답게, 보다 고귀한 일에 마음을 기울여 755
그 속에서 평정을 구하시는 편이 낫지 않겠습니까,
도망치는 것을 능사로 아는 그 배은망덕한 자에 맞서
통치하는 것, 국가를 이끌어가는 것 말이에요.

페드르

내가 통치를 해! 한 나라를 나의 명령 아래 둔다고!
무력한 내 이성은 이제 이 한 몸도 지배하지 못하는데! 760
오감(五感)을 다스릴 힘조차 포기해버린 마당에!
치욕스러운 멍에에 눌려 숨조차 겨우 쉬는데!
죽어가고 있는데!

외논

피하세요.

페드르

난 그를 떠날 수 없어.

외논

추방까지 했는데, 피하지도 못하십니까?

페드르

765 이제 늦었어. 분별없는 내 열정을 그가 알아버렸으니까.
이미 엄격한 정결의 경계를 넘어버린 거야.
나는 나를 정복한 자의 눈앞에 내 수치를 드러냈어.
그러자 나도 모르게, 희망이 내 가슴속에 스며들었어.
바로 네가 사그라지는 내 기력을 북돋고,
770 벌써 입술 위에서 가물거리는 내 숨결을 일깨워,
감언이설로 나를 다시 살게 했잖아.
그를 사랑해도 될 것처럼 느끼게 했잖아.

외논

가슴 아파라! 마마께 죄가 있건 없건 제가 무엇인들 못했겠습니까?
마마를 불행에서 구할 수만 있다면 말이에요.
775 하지만 조금이나마 마마의 마음이 모욕으로 상하셨다면,
그 오만한 자의 멸시를 어찌 잊을 수 있으십니까?
그 얼마나 잔인한 눈으로 끝끝내 가혹하게 굴며
마마를 거의 자기 발아래 엎드리게 하던가요!

그자의 난폭한 오만함을 보자니 얼마나 가증스럽던지!
페드르 님은 왜 그때 저처럼 보지 못하셨을까! 780

페드르

외논, 그이는 네 맘에 안 드는 그 오만을 버릴 수 있어.
숲에서 자라, 숲처럼 거친 성정을 지니게 된 거지.
야성적인 법칙에 따라 살다 보니 냉혹해진 이폴리트가
처음으로 사랑 이야기를 들은 거야.
놀라서 말문이 막힌 것인지도 몰라. 785
우리의 호소도 너무 격했던 것 같고.

외논

야만인 여자의 몸에서 태어난 걸 기억하세요.

페드르

스키티아인이고 야만인이지만, 그 여자도 사랑을 했던 거야.

외논

그는 모든 여자에게 숙명적인 증오심을 품고 있죠.

페드르

그러니 나보다 더 사랑받는 연적은 안 봐도 되겠구나. 790
아무튼 너의 충고는 이제 다 부질없어.
내 광기를 도와라, 외논, 내 이성이 아니라.
도저히 파고들 수 없는 가슴으로 사랑에 저항하고 있으니,
그것을 공격하기 위해 보다 예민한 어딘가를 찾아보자.
왕권의 매력에는 마음이 움직일 것 같았어. 795

아테네에는 끌리고 있었어, 그것은 숨기지 못하더구나.
선단의 뱃머리는 이미 아테네를 향하고 있고,
돛은 바람에 맡겨져 펄럭이고 있었어.
부탁이니 그 젊은 야심가를 찾아가줘.
800 외눈, 그의 눈앞에 번쩍이는 왕관을 보여줘.
신성한 왕의 띠를 이마에 두르라고 해.
내가 바라는 것은 내 손으로 그것을 매어주는 영예뿐이다.
지킬 수 없는 이 권력을 그에게 양보하자.
그가 내 아들에게 통치술을 가르쳐줄 거야.
805 기꺼이 내 아들의 아버지 역할을 해줄지도 모르지.
아들도 어미도 그의 지배 아래 들어가는 거다.
모든 방법을 총동원하여 그의 마음을 휘어보아라.
내 말보다 네 말이 더 잘 통할 거야.
조르고, 울고, 신음하고, 페드르가 죽는다고 호소해.
810 애원하듯 말하는 걸 부끄러워하지 마라.
나 대신 무슨 말을 해도 좋아, 믿을 데는 너뿐이다.
가라, 네가 돌아오는 것을 기다렸다가 마음을 정하리라.

2장

페드르.

페드르

(독백)

아 그대, 이 지경까지 추락한 나의 수치를 보고 있는
냉혹한 비너스여, 이만큼 참담하면 충분한가?
너의 잔인성을 이보다 더 밀고 나가지는 못하리라. 815
너의 승리는 완벽해. 네 화살들은 모두 적중했다.
잔인한 신이여, 새로운 영광을 원하거든
너에게 더 반항하는 그 적을 공격하라.
이폴리트는 너를 피하고 있어. 네 분노를 자극하면서,
지금껏 한 번도 너의 제단에 무릎을 굽힌 적이 없어. 820
너의 이름조차 그의 거만한 귀를 거스르는 것 같아.
신이여, 복수하라, 우리의 목표는 같다.
사랑하게 만들어……. 그런데 벌써 돌아오느냐,
외논? 나를 싫어하는구나, 네 말을 안 듣는구나.

3장

페드르, 외논.

외논

825 헛된 사랑에 대한 생각일랑 끊어버리세요.
마마, 지난날의 덕성을 되살리세요.
돌아가신 줄 알았던 왕께서 곧 마마의 눈앞에 나타나실 거예요.
테제께서 돌아오셨어요. 테제께서 여기 와 계세요.
백성들이 그분을 보려고 달음질쳐 모여들고 있어요.
830 명하신 대로 궁궐 밖에 나가 이폴리트를 찾고 있었는데,
갑자기 하늘을 찌를 듯한 함성이…….

페드르

내 남편이 살아 있다. 외논, 그 말이면 충분하다.
나는 그분을 욕되게 하는 사랑을 고백했다.
그분이 살아 있다. 더 이상 알고 싶지 않아.

외논

835 예?

페드르

내가 그렇게 말했었는데, 넌 들으려 하지도 않았지.
내 마음의 가책이 옳았건만, 네 눈물에 지고 말았어.
아침에는 동정받아 마땅한 몸으로 죽을 수 있었는데,

너의 말을 따랐다가 치욕스럽게 죽는구나.

외논

돌아가신다고요?

페드르

어쩌면 좋은가! 오늘 내가 무슨 짓을 했나!

남편이 곧 나타난다, 그리고 그 아들도 함께 오겠구나. 840
내 부정한 불길의 증인이 날 주시하는 걸 보게 되겠구나.
자기가 전혀 귀 기울이지 않은 탄식으로 가득 찬 가슴,
비정한 자에게 배척당해 눈물로 젖은 눈을 한 내가,
감히 어떤 얼굴로 부왕에게 다가가는지 샅샅이 지켜보겠지.
네 생각에는 그가 테제의 명예를 배려해서 845
나를 불사르는 이 불길을 부왕께 숨길 것 같으냐?
자기 아버지, 자기 왕이 기만당하도록 내버려둘까?
나를 향한 혐오감을 참아낼 수 있을까?
그가 침묵하더라도 소용없어. 내 부정(不貞)은 내가 알고,
외논, 또 나는 죄 중에도 태연한 평안을 맛보면서 850
결코 달아오르는 법이 없는 얼굴을 쳐들고 다니는
그런 대담한 여자들과는 다르니까.
나는 나의 광태들을 알고 있고, 그 모두를 기억한다.
벌써 이 벽들이, 이 천장이 입을 열려고 벼르고,
나를 고발하고, 진상을 일러바치기 위해 855

남편이 오기만을 기다리는 것 같아.
죽자. 죽음이 이 끔찍한 공포에서 날 해방시키도록.
살기를 멈추는 것이 그렇게 큰 불행이더냐?
불행한 자들에게 죽음은 전혀 두려울 게 없어.
860 뒤에 남기고 갈 오명만이 두려울 뿐. 불행한 내 아이들에게 이 무슨 끔찍한 유산인가!
제우스의 피가 그 애들의 용기를 북돋워주겠지.
하나 그 귀한 혈통이 불어넣는 자부심이 아무리 당연해도,
어미가 저지른 죄는 무거운 짐이리라.
865 떨리는구나, 어느 날 그 애들이, 죄 많은 어미를 두었다고
비난하는 말, 아아, 너무도 사실인 이야기를 들을까 봐.
몸서리가 쳐진다. 추악한 짐에 억눌려
두 아이 모두 감히 눈도 들지 못할 걸 생각하니.

외논

틀림없이 그럴 겁니다. 두 분 모두 가여우십니다.
870 마마의 그 두려움보다 더 지당한 우려는 여태껏 없었습니다.
그런데 왜 그분들을 그런 모욕에 내맡기려 하십니까?
왜 자신에게 불리한 증언을 하려 하십니까?
돌아가셨다 쳐요. 페드르가 너무 큰 죄를 지은 나머지
배신당한 남편을 보는 게 무서워서 피한 것이라고들 할 거예요.

이폴리트는 좋겠네요. 마마 스스로 목숨을 바쳐 875
죽음으로써 자기 진술을 뒷받침해주니까.
마마를 고발하는 자에게 제가 뭐라고 응수하겠어요?
그자 앞에 서면 저는 너무나 쉽게 기가 꺾이겠죠.
그자가 그 끔찍한 승리를 즐기며,
아무에게나 왕비님의 수치를 떠들어대는 꼴을 보게 되겠죠. 880
아! 차라리 하늘의 불이 나를 태워버렸으면 좋으련만!
어쨌든 바른 대로만 말하세요. 아직도 그를 사랑하시나요?
마마의 눈에 그 거만한 왕자가 어떻게 보이세요?

페드르

내 눈에는 끔찍스러운 괴물로 보인다.

외논

그렇다면 왜 그에게 완전한 승리를 안겨줍니까? 885
그가 두렵죠. 그렇다면 왕비님이 먼저 고발하세요.
오늘 그자가 왕비님께 지울지도 모르는 그 죄목으로.
누가 마마의 말씀에 반박하겠어요? 모든 것이 그에게 불리해요.
다행히 마마의 수중에 남겨진 그의 칼,
지금 충격에 빠져 계신 모습, 지난날 괴로워하시던 것, 890
마마의 호소 때문에 오래전부터 선입관을 가져온 아버지,
게다가 마마 친히 주장하여 그를 추방하게 하신 바 있고요.

페드르

나, 나더러 무고한 사람을 박해하고 비방하라는 말이냐?

외논

제 열성이 필요로 하는 것은 왕비님의 침묵뿐입니다.
895 왕비님 못지않게 저도 떨리고 얼마간의 가책을 느껴요.
천 명이 죽는 일인들 이보다 더 지체 없이 나설 겁니다.
하지만 이 참담한 약이 아니면 마마를 잃을 것이고,
마마의 생명은 제게 그 무엇과도 견줄 수 없습니다.
제가 말하겠습니다. 저의 고변에 화를 내시더라도,
900 테제 왕의 벌은 아들을 추방하는 선에서 그칠 겁니다.
벌을 줄 때에도, 마마, 역시 아버지는 아버지니까요.
가벼운 형벌 정도면 그분의 노여움도 풀릴 거예요.
또 무고한 피를 흘려야 한다고 한들,
마마의 명예가 위협받고 있는데, 무엇인들 못하겠습니까?
905 명예란 위험에 빠트리기에는 너무 소중한 보물이니까요.
명예가 명하는 것이 무엇이든, 마마는 그것을 따라야 해요.
마마, 위험에 처한 우리의 명예를 구하려면
모든 것을 바쳐야죠, 덕성까지도 말이에요.
누가 와요. 테제 왕이 보입니다.

페드르

아! 이폴리트가 보인다.
910 저 거만한 눈에 나의 파멸이 새겨져 있구나.

네 뜻대로 해라, 네게 나를 맡기마.
이런 혼란 상태로는 나를 위해 아무것도 할 수 없구나.

4장

테제, 이폴리트, 페드르, 외논, 테라멘.

테제

이제 나의 소원에 반하는 불운도 그쳐
부인, 당신 품에…….

페드르

그만두세요, 테제,
이토록 기꺼운 감격을 욕되게 하지 마세요. 915
저는 이제 그런 지극한 다정함에 합당치 않아요.
당신은 모욕당했어요. 시샘 많은 운명이
당신이 안 계실 때 당신 아내도 내버려두지 않았어요.
당신을 기쁘게 할 수도, 아니 당신께 다가갈 수도 없으니,
할 수 있는 일이라고는 이 몸을 숨기는 것뿐입니다. 920

5 장

테제, 이폴리트, 테라멘.

테제

아비에게 이 무슨 해괴한 영접이냐,

아들아.

이폴리트

페드르만이 그 비밀을 설명할 수 있습니다.

하지만 저의 간절한 소원을 들어주실 수 있다면,

아버님, 다시는 그분을 보지 않을 수 있도록 해주십시오.

925 두려워 떨고 있는 이폴리트가, 왕비님이 사시는 곳에서

영원히 사라질 수 있게 해주십시오.

테제

아들아, 나를 떠나겠다고?

이폴리트

저는 그분을 뵈려고 하지 않았

습니다.

그분의 발걸음을 여기로 인도한 것은 바로 아버님이십니

다.

전하, 전하께서 원정을 떠나시며, 트레젠 연안에

930 아리시와 왕비 마마를 맡기셨습니다.

제게 그분들을 보살필 책임까지 내리셨지요.

하지만 이제 무슨 책무가 남아 출발을 늦추겠습니까?
젊은 몸이 하릴없이 숲 속에서
하찮은 짐승들을 상대로 솜씨를 보이는 것도 지겹습니다.
당치 않은 한가로움을 떨쳐버리고 저의 창을 935
보다 영광스러운 피로 물들여야 하지 않겠습니까?
아버님께서 제 나이도 채 되기 전에,
벌써 한둘 아닌 폭군과 야생 괴물이
아버님 팔의 완력에 짓눌렸지요.
그때 벌써 무례한 자들을 벌주는 고마운 박해자로, 940
아버님은 두 바다[92]의 연안을 평정하셨습니다.
자유로워진 여행자는 더 이상 약탈을 겁내지 않게 되었지요.
아버님의 무훈 명성에 한숨 돌린 헤라클레스도
그때 벌써 아버님께 자기 일을 맡기고 쉬게 되었고요.
그런데 저, 그토록 영광된 부친의 무명 아들인 저는, 945
제 어머니의 업적에서조차 한참이나 멉니다.
이제 저의 용기를 한번 발휘해볼 수 있게 해주십시오.
아버님 손아귀를 벗어난 어떤 괴물이 있다면,
그 영예로운 가죽을 아버님 발아래 가져오거나,
아니면 오래도록 기억될 만큼 훌륭하게 죽어서, 950
그토록 고귀하게 끝난 생애를 영원한 것으로 만듦으로써,
제가 아버님의 아들임을 만천하에 증명하게 해주십시오.

테제

이게 다 뭐지? 무슨 공포가 여기에 퍼져 있기에
넋 나간 내 식구들을 내 눈앞에서 도망치게 하는 거지?
955 내가 그렇게 두렵고 그렇게 성가신 존재로 돌아온 거라면,
오, 하늘아! 왜 나를 감옥에서 끌어냈느냐?
나에게 친구라고는 하나밖에 없었다. 그의 경솔한 정열이
에피르의 폭군에게서 아내를 빼앗으려 했지.
내키지는 않았지만 나는 그의 연애 계획을 도왔다.
960 그러나 노한 운명이 우리 두 사람을 눈멀게 했어.
그 폭군이 방비도 무기도 없는 상태인 나를 덮치더구나.
나는 보았어. 피리토위스, 생각하면 눈물이 나는 그 불쌍한 사람을
그 야만인이 잔인한 괴물들에게 던져주는 것을.
그놈이 불운한 인간의 피를 먹여 키우는 괴물들에게 말이야.
965 그놈은 나도 깊은 곳, 망령들의 나라와 이웃한
어두운 동굴 속에 가두어버렸다.
여섯 달이 지나서야 마침내 신들이 나를 돌아 보더군.
나는 감시하는 자의 눈을 속일 수 있었지.
그 더러운 원수 놈을 자연에서 깨끗이 치워버렸다.
970 그놈 스스로 제가 키운 괴물들의 먹이가 되었어.
그래서 벅찬 감격을 느끼며 이제 곧
신들이 남겨준 가장 귀한 이들을 모두 만나는구나 했는데,

아니, 마침내 자유를 되찾은 내 영혼이
그토록 보고 싶던 모습들을 만끽하려 하는데,
나를 맞이하는 것이라고는 떨고 있는 모습뿐이구나. 975
모두들 피하기만 하면서, 내 포옹을 거부하는구나.
내가 불어넣은 공포를 내가 느낄 지경이니
차라리 아직도 에피르의 감옥에 있었으면 싶다.
말해라. 페드르는 내가 모욕당했다고 한탄한다.
나를 배신한 자가 누구냐? 왜 처벌하지 않았지? 980
그리스는, 그렇게 여러 번 이 팔의 도움을 받고도,
그 죄인에게 피난처라도 제공했더란 말이냐?
대답을 않는구나. 내 아들, 내 친자식이
나의 적들과 내통이라도 하고 있는 거냐?
들어가자. 나를 짓누르는 의혹을 그냥 품고 있을 수는 없다. 985
죄는 무엇이고, 죄인은 누구인지 한꺼번에 밝혀야겠다.
결국 왜 그렇게 넋이 나갔는지 페드르의 설명을 들어보자.

6 장

이폴리트, 테라멘.

이폴리트

나를 공포로 얼어붙게 한 그 말[93]의 진의는 무엇일까?

페드르는 여전히 극도의 광증에 사로잡혀

990 자기 죄를 털어놓고 스스로 파멸하려 하는가?

맙소사! 왕께서는 뭐라고 하실까? 그 무슨 불길한 독을

사랑은 그분의 집 전체에 퍼트린 것일까!

나마저, 그분의 증오심이 용납지 않는 사랑의 불길로 가득 차 있으니,

예전에는 나를 그리도 장하게 여기셨는데, 이제 나를 어찌 보실까!

995 불길한 예감이 나를 질리게 하는구나.

하지만 결국 죄 없는 자는 두려워할 게 없지.

갑시다. 다른 데 가서 찾아봅시다. 어떤 묘수를 쓰면

아버지를 감동시켜서 내 사랑을 고백할 수 있을지.

아버님은 방해하고 싶으시겠지만,

1000 그분의 온갖 권력으로도 흔들지 못할 이 사랑을.

| 4막 |

1장

테제, 외논.

테제

아! 이게 무슨 소리냐? 배신자, 그 파렴치한 놈이
아비의 명예에 그런 치욕을 안길 작정이었다고?
운명아, 너는 참으로 악착같이 나를 뒤쫓고 있구나!
내가 어디로 가고 있는지, 어디에 있는지조차 모르겠구나.
오, 그렇게 사랑했건만! 배은망덕도 유분수지! 1005
무엄한 계획이로다! 가증스러운 생각이로다! 그 시커먼
애욕의 목적을 이루겠다고

방자한 놈이 폭력에까지 호소했구나.
그 미친 짓에 사용한 그 칼을 알아보겠다.
1010 보다 귀한 일에 쓰라고 내가 내린 칼이로다.
혈연의 끈조차 그놈을 말리지 못했더란 말이냐?
그런데도 페드르는 놈의 처벌을 지체했어?
페드르의 침묵이 놈의 죄를 덮어주었어?

외논

그보다는 오히려 가련한 아버지를 구하려 하신 거죠.
1015 왕비님은 사랑에 미친 자가 하려는 짓이 수치스럽고,
당신의 눈으로 인해 불붙은 죄악의 불길이 치욕스러워,
자결하려고 하셨어요, 전하, 자신의 손으로 목숨을 끊어
아무 죄도 없는 당신 눈의 빛을 꺼트리려 하신 것입니다.
왕비님의 팔이 올라가는 것을 보고, 제가 달려가 구했습니다.
1020 저만이 전하의 사랑을 위해 그분을 지킬 수 있었어요.
그리고 그분의 고통과 전하의 근심, 둘 다 가슴 아파서,
부득이 제가 그분의 눈물을 해명하러 나서게 되었습니다.

테제

불충한 놈! 그놈도 어쩔 수 없이 하얗게 질리더군.
내게 다가올 때, 공포로 떠는 것이 눈에 보였어.
1025 그다지 기뻐하지 않는 것에 충격을 받은데다,
놈의 차가운 포옹이 내 다정함을 얼어붙게 했지.
한데, 그놈을 불사르는 그 죄 많은 사랑은

아테네에 있을 때 이미 드러났었느냐?

외논

전하, 왕비님의 하소연을 상기해보세요.
그분이 그를 미워한 것은 모두 그 사련 탓이에요. 1030

테제

그런데 그 불이 트레젠에서 다시 일었다는 거군?

외논

전하, 저간에 있었던 일은 모두 말씀드렸습니다.
왕비님을 지극한 고통 속에 너무 오래 홀로 계시게 했습니다.
물러가서 왕비님 곁에 있게 해주십시오.

2장

테제, 이폴리트.

테제

아! 놈이 왔구나. 신들이여, 저 의젓한 자태를 보고 1035
어떤 눈인들 내 눈처럼 속지 않겠는가?
천륜을 저버린 간부(姦夫)의 이마 위에서
미덕의 증표 같은 신성한 기품이 빛나야 한단 말인가?
신의 없는 인간의 속마음을 확실한 표식으로

1040 알아보도록 하면 안 된단 말인가?

이폴리트

어떤 불길한 먹구름이 용안을 그늘지게 하는지
전하, 여쭤보아도 괜찮겠습니까?
저의 성심을 보시어 말씀해주실 수 없으십니까?

테제

불충한 놈, 네가 감히 내 앞에 나타나?
1045 아직까지 용케도 벼락을 피한 괴물 같은 놈,
내가 땅에서 치워버린 불한당들의 더러운 찌꺼기야!
끔찍스럽기만 한 애욕으로 미쳐 날뛴 나머지
그 광기를 아비의 침상에까지 이르게 하고는
그 가증스러운 낯짝을 감히 내 앞에 들이밀다니,
1050 네놈의 파렴치로 가득 차 있는 곳에 나타나다니,
어느 알려지지 않은 하늘 아래로 가서
내 이름이 미치지 않는 나라들이나 찾아보지 않고.
썩 물러가라, 배신자야. 여기 와서 내 증오를 들쑤셔서
겨우 참고 있는 노여움을 시험하지 마라.
1055 너같이 사악한 아들을 세상에 내놓았다는
길이 씻지 못할 치욕만으로도 내겐 족하다.
네놈을 처단하기까지 해서 후대에 더 큰 오명을 남기고
내 고귀한 업적의 영예를 더럽히지 않아도 말이야.
썩 없어져. 네놈이 나타나는 즉시 벌을 받을 테니,
1060 이 손으로 처단한 악당 놈들 틈에 끼고 싶지 않다면,

명심하렷다, 우리를 비추는 하늘이 그 무엄한 발
두 번 다시 여기 들여놓는 것을 보아서는 안 된다.
도망치라니까. 다시는 돌이키지 말고 발걸음을 재촉하여
내 나라 어디서든 그 끔찍스러운 모습을 치워버려.
그리고 그대, 넵튠이여, 지난날 나의 용맹이 1065
더러운 암살자들을 처치해 너의 해안을 깨끗하게 했으니,
기억하라, 그 공로에 대한 보상으로
내 소원 하나를 들어주겠다고 약속한 것을.
오랜 시간 처참한 감옥의 가혹함을 견디면서도,
나는 그대의 신적인 능력에 호소하지 않았다. 1070
그대의 배려가 베풀어줄 도움을 지극히 아끼는지라
더 중요한 일에 쓰기 위해 소원을 아껴두었어.
오늘에야 간청한다. 불행한 아버지의 복수를 해다오.
이 배신자를 그대에게 내어주니 마음껏 분을 풀어라.
놈의 뻔뻔스러운 욕망의 불을 놈의 피로 꺼트려라.[94] 1075
테제는 그대의 분노를 보고 그대의 호의를 인정할 것이다.

이폴리트

사련 죄로 페드르가 이폴리트를 고발하다니!
너무나 끔찍해서 망연자실하게 되는구나.
예기치 못한 충격들이 한꺼번에 너무 많이 쏟아지니
할 말을 잃고, 목소리도 안 나온다. 1080

테제

배신자야, 페드르가 비겁한 침묵으로

네놈의 짐승 같은 파렴치를 덮어줄 줄 알았지?
도망칠 때 칼을 두고 가지 말았어야지.
그녀의 손에 남아 네 죄를 고발하는 그 칼 말이다.
1085 아니면 차라리 네놈의 불충을 끝까지 밀고 나가
단칼에 그녀에게서 말도, 목숨도 빼앗든지.

이폴리트

그토록 시커먼 거짓말에 격분하여
여기서 진실을 밝히는 게 마땅할 것입니다,
전하. 그러나 전하와 관계된 비밀이기에 함구합니다.
1090 저의 입을 틀어막는 존경심을 나무라지 말아주십시오.
그리고 친히 번민을 북돋으려고 하지 마시고,
저의 지난날과 됨됨이를 돌아봐주십시오.
항시 큰 죄 앞에는 작은 죄들이 있게 마련,
법이 정해놓은 경계를 넘을 수 있었던 자라면
1095 결국 가장 신성한 도리마저 저버릴 수 있을 겁니다.
덕스러움과 마찬가지로 범죄에도 단계가 있으니까요.
그런 까닭에 소심한 순결함이 느닷없이
극단적인 방탕으로 넘어간 예는 없습니다.
고결한 인간이 하루 만에, 파렴치한 살인자,
1100 비열한 근친상간범이 될 수는 없습니다.
순결한 여걸의 품에서 자란 저는
그 혈통의 근본을 저버린 적이 없습니다.
어머니의 손을 떠난 후에는 또

현자로 추앙받는 피테 왕[95]이 훈육해주셨고요.
저 자신을 미화할 생각은 추호도 없습니다. 1105
하오나 혹여 제 몫으로 주어진 어떤 덕성이 있다면,
전하, 무엇보다 그것은, 감히 제게 전가하는 중죄에 대해
제가 만천하에 증오를 공표했던 점이라고 생각합니다.
이폴리트가 그리스에 알려진 것은 바로 그 때문입니다.
저는 그 덕성을 거칠다고 할 정도로 밀고 나갔습니다. 1110
연사를 꺼리는 제 처신의 엄격함을 모두가 압니다.
일광도 제 마음속보다 더 깨끗하지는 못합니다.
하온데 그런 이폴리트가 불경한 정염에 사로잡혀서…….

테제

그래, 네놈의 죄는, 이 비열한 놈아, 바로 그 오만이야.
네놈이 왜 그리 냉정했는지 그 추악한 이유를 이제야 알겠다. 1115
추잡한 네놈의 눈은 오직 페드르에게만 사로잡혀 있었던 거야.
그래서 너의 마음은 다른 여자들은 거들떠도 보지 않고
순결한 사랑으로 불타는 것을 시시하게 여겼던 거야.

이폴리트

아니요, 아버지, 이 마음은 결코(더는 숨기지 못하겠습니다),
순결한 사랑으로 불타는 걸 경멸하지 않았습니다. 1120
아버지의 발아래 저의 진짜 죄를 고백하겠습니다.

사랑합니다, 사랑해요, 사실이에요, 아버지의 엄금에도 불구하고,
아리시가 제 마음을 지배하고 있습니다.
팔랑트의 딸이 아버지의 아들을 정복했습니다.
1125 그녀를 사모합니다. 제 마음이 아버지의 명을 거역하여
한숨짓고 불타오른다면 그것은 오직 그녀 때문입니다.

테제

그 아이를 사랑해? 이럴 수가! 아니야, 뻔한 거짓말이다.
무죄를 주장하려고 죄인을 자처하는 게지.

이폴리트

전하, 지난 반년 동안 그녀를 피하면서 사랑했습니다.
1130 두려워 떨면서도 전하께 직접 아뢰려고 오는 길이었습니다.
그런데 어쩝니까? 무엇으로도 오해를 풀어드릴 길이 없습니까?
어떤 무시무시한 맹세로 전하를 안심시켜드려야 하나요?
땅, 하늘, 삼라만상이…….

테제

흉악범들은 항시 거짓 맹세에 도움을 청하는 법.
1135 닥쳐라, 그만둬. 그런 성가신 연설 따위는 집어치워.
네놈의 가짜 덕을 도와줄 다른 것이 없다면 말이다.

이폴리트

아버님께는 이 마음이 가짜요, 가식 덩어리로만 보이는

군요.
페드르가 속으로는 저를 더 공정하게 평가하고 있을 겁니다.

테제

아! 뻔뻔스러운 놈이 화를 돋우는구나!

이폴리트

얼마 동안, 어디로 저를 추방하시렵니까? 1140

테제

네놈이 알시드의 언덕[96] 너머에 있다고 해도
나는 불충한 놈과 너무 가깝다고 여길 것이다.

이폴리트

제가 저질렀으리라고 의심하시는 끔찍한 죄를 지고
아버님께 버림받으니, 어떤 친구가 저를 동정하겠습니까?

테제

가서 찾아봐라, 삐뚤어진 판단력으로 1145
간통을 숭상하고, 근친상간을 칭찬하는 친구들을.
배신자, 배은망덕한 자, 명예심도 없고 법도 없는
너 같은 나쁜 놈을 비호하기에 알맞은 놈들을.

이폴리트

끝까지 제게 근친상간이니 간통이니 하시는군요!
저는 입을 다물겠습니다. 하지만 페드르는 그 어머니의 1150
딸이고,[97]
그런 끔찍한 일들은, 전하, 전하께서도 너무나 잘 아시

듯이,
제 혈통보다는 페드르의 혈통을 더 많이 채우고 있죠.

테제

뭐라고! 네놈이 미쳐서 내 앞에서 못하는 말이 없구나?
마지막으로 말하는데, 내 눈앞에서 사라져라.
1155 나가, 배신자야. 성난 아비가 강제로 치욕스럽게
너를 여기서 끌어내라 할 때까지 기다리지 말고.

3 장

테제.

테제

(독백)
가련한 놈, 너는 피할 길 없는 파멸로 달려가는 거다.
신들에게조차 가차 없는 지옥의 강을 두고
넵튠이 내게 약속했으니, 곧 그것을 이행할 것이다.
1160 복수를 맡은 신이 네 뒤를 쫓으니 너는 피할 길이 없다.
난 너를 사랑했어. 네가 저지른 죄에도 불구하고
벌써 너 때문에 애간장이 저미는구나.
하지만 넌 도저히 널 처벌하지 않을 수 없게 만들었다.
실로 어떤 아비가 이보다 더한 모욕을 당했겠는가?

나를 짓누르는 고통을 굽어보는 의로운 신들이여, 1165
내 어찌 저토록 죄 많은 자식을 낳을 수 있었을까?

4장

페드르, 테제.

페드르
전하, 너무도 무서운 나머지 뵈러 왔습니다.
마마의 무서운 언성이 저에게까지 들렸습니다.
위협으로 하신 말씀을 곧장 실행에 옮기실까 두렵습니다.
아직 늦지 않았다면, 마마의 혈육을 살려주세요. 1170
마마의 핏줄을 존중하세요, 감히 간청합니다.
그 피의 절규를 듣고 몸서리치는 일이 없게 해주세요.
아버지의 손으로 그 피를 흘리게 만들었다는
영원한 고통, 부디 제게 안겨주지 마세요.

테제
아니오, 부인, 나는 내 피로 손을 적시진 않았소. 1175
그렇다고 그 배은망덕한 놈이 내게서 벗어난 건 아니오.
신의 손이 그놈의 파멸을 책임지고 있소.
넵튠이 내게 약속했으니, 당신의 복수를 해줄 것이오.

페드르

넵튠이 약속을! 아니 화가 치밀어 청한 것을 설마…….

테제

1080 뭐요? 벌써 소원대로 될까 겁이 나는 거요?

차라리 나의 정당한 소원에 마음을 합하시오.

가장 음흉한 것까지 그놈의 죄를 샅샅이 말해주오.

너무 느리고 억제된 나의 분노를 뜨겁게 만들어주시오.

당신은 아직 그놈의 죄상을 다 모르오.

1185 화가 나서 당신에게 욕설을 퍼부읍디다.

당신의 입이 거짓으로 가득하다는 거요.

제 마음과 맹세를 가진 건 아리시라고 강변합디다.

그녀를 사랑한다고.

페드르

뭐라고요, 전하?

테제

내 앞에서 그럽디다.

하지만 그런 허튼 수작은 내게 통하지 않아.

1190 넵튠의 신속한 재판을 기대해봅시다.

내가 직접 그의 제단 아래에 가서

신의 약속을 이행해달라고 채근하겠소.

5장

페드르.

페드르

(독백)

테제는 나갔다. 어떤 기막힌 사실이 내 귀를 후려쳤나?
무슨 덜 꺼진 불길이 내 마음속에서 다시 일어나나?
이 무슨 벼락인가, 오 하늘이여! 이 무슨 끔찍한 말인가! 1195
그의 아들을 구하려고 날다시피 달려왔는데.
사색이 되어 붙드는 외논의 팔을 뿌리치고
내 마음을 괴롭히던 양심의 가책에 지고 말았는데.
누가 알랴, 그 후회가 나를 어디까지 가게 했을지?
아마 내 죄를 자백하려고 마음먹었을지도 몰라. 1200
아마 목이 메고 말문이 막히지 않았더라면
무서운 진실이 새어 나왔을지도 몰라.
이폴리트가 사랑을 느꼈다고, 그런데 나에게는 아니라고!
아리시가 그의 마음을 가졌다고! 아리시가 그의 맹세를
가졌다고!
아, 신들이여! 그 냉혹한 자가 내 하소연을 들으면서 1205
그렇게 오만한 눈, 그렇게 무서운 얼굴로 무장할 때
나는 생각했어. 아직도 사랑에 꼭 닫힌 그의 가슴은
어떤 여인에게든 똑같이 무장하고 있을 거라고.

그런데 다른 여인이 그의 오기를 꺾었구나.
1210 다른 여인은 그 잔인한 눈에서 친절을 보았구나.
어쩌면 쉽게 끌리는 마음을 가졌을지도 모르지.
오직 나만이 그가 견딜 수 없는 대상인 거야.
그런데도 내가 그를 보호하겠다고 나서야 하나?

6 장

페드르, 외논.

페드르

외논, 내가 방금 뭘 알게 되었는지 아느냐?

외논

1215 아니요. 하지만 솔직히 말씀드려서, 떨면서 왔습니다.
마마를 뛰쳐나가게 한 그 계획 때문에 저는 파랗게 질렸습니다.
흥분한 나머지 마마 자신을 파멸로 이끌까 봐 두려웠어요.

페드르

외논, 누가 믿겠니? 내게 연적이 있었다는구나.

외논

뭐라고요?

페드르

이폴리트가 사랑을 한대, 그리고 난 그걸 의심할 수 없구나.
누구도 길들일 수 없던 그 야성적인 적, 1220
존경도 불쾌하게 생각하고, 애원도 귀찮게 여기며,
내가 공포 없이는 다가가지도 못한 그 호랑이가
유순해지고 길들여져서, 정복자를 인정했다는 거야.
아리시가 그의 가슴으로 난 길을 알아냈다는 거야.

외논

아리시가? 1225

페드르

아, 지금까지 겪어보지 못한 괴로움이여!
생각지도 못한 고통이 나에게 준비되어 있었다니!
내가 괴로워한 모든 것, 내 두려움, 내 격정,
가슴을 태우는 사랑의 광증, 끔찍스러운 회한,
나아가 잔인한 거절이 안겨준 견딜 수 없는 모욕까지도
지금 당하는 고통의 시시한 연습에 지나지 않았구나. 1230
서로 사랑한대! 어떤 마법을 써서 내 눈을 속였지?
어떻게 만났지? 언제부터? 어디서?
너는 알고 있었지. 왜 내가 농락당하게 내버려두었느냐?
저들의 은밀한 사랑을 알려줄 수 없었어?
함께 말하고, 서로 찾는 것이 눈에 띄더냐? 1235
숲속 깊은 곳으로 숨으러 가더냐?

서럽구나! 저들은 아무 거리낌 없이 만났구나.
하늘이 저들 사랑의 탄식은 무죄라고 인정했구나.
아무런 가책 없이 마음 끌리는 대로 사랑을 좇았겠지.
1240 모든 날들이 그들에겐 맑고 평온하게 밝았겠구나.
그런데 나는, 삼라만상의 가련한 찌꺼기인 나는,
일광으로부터 몸을 감추고, 빛을 피해 도망 다녔다.
죽음만이 내가 감히 애원할 수 있던 유일한 신.
나는 숨을 거두게 될 순간만 고대했다.
1245 쓰디쓴 담즙을 삼키고, 눈물을 마시면서,
게다가 불행 중에도 지켜보는 눈들이 두려워
마음 놓고 눈물 속에 잠겨 있어보지도 못하였구나.
나는 그 비통한 쾌락조차 떨면서 음미했다.
태연한 얼굴 밑에 번뇌를 숨기고
1250 너무도 자주 눈물마저 삼켜야 했다.

외논

실속도 없는 사랑에서 그들이 무슨 열매를 얻겠어요?
그들은 이제 만나지도 못해요.

페드르

그래도 계속 사랑할 테지.
내가 말하는 순간에도……, 아 죽을 것 같은 이 생각!
그들은 사랑에 미친 여자의 광분을 비웃고 있어.
1255 그 둘을 떼어놓을 바로 그 유배에도 불구하고,
결코 헤어지지 않으리라 천만 번 맹세하고 있어.

아니, 나를 모욕하는 행복 용납 못해. 1
외는, 질투에 사로잡힌 내 분노를 가엾이 여겨다오.
아리시를 죽여야 해. 그 가증스러운 핏줄에 대한
내 남편의 분노를 일깨워야 해. 1260
가벼운 벌만 내리게 해서는 안 돼.
누이의 죄는 오라비들의 죄를 능가하니까.
미칠 것 같은 질투의 격정으로 간청해야겠다.
내가 뭘 하고 있지? 내 분별력은 어디로 간 거지?
내가 질투를 해! 게다가 테제에게 호소하겠다고! 1265
남편이 살아 있는데, 아직도 사랑으로 불타다니!
누구에 대한 사랑인가? 내가 바라는 게 누구의 마음인가?
한마디 한마디가 이마 위로 머리털을 곤두세우는구나.
내 죄가 이제는 한계에까지 와버렸구나.
내쉬는 숨마다 근친상간이요, 모함이구나. 1270
복수에 급급한 이 살인자의 손,
죄 없는 피에 잠기고 싶어 애를 태우는구나.
가련한 것! 그런데도 살아 있어? 살아서
선조이신 저 신성한 태양의 시선을 견디고 있어?
나는 신들의 아버지요 수장인 분을 조상으로 가졌다. 1275
하늘이, 온 우주가 내 조상들로 가득 차 있다.
어디에 숨어야 하나? 지옥의 밤으로 달아나자.
무슨 말이야? 거기서는 아버지가 명 항아리를 관장하고
계신데.

운명의 신이 그것을 그분의 준엄한 손에 맡겼다는데.

1280 미노스께서는 지옥에서 모든 망자들을 심판하신다.

아! 당신 눈앞에 나타난 딸을 보시면,

아연실색한 그분의 망령은 얼마나 몸서리치실까.

한둘이 아닌 죄목, 아마 지옥에서도 전대미문일 죄들을

고백하지 않을 수 없는 나를 보시면 말이야.

1285 그 끔찍한 광경을 보시고, 아버지, 당신은 뭐라고 하시렵니까?

당신 손에서 그 무서운 항아리가 떨어지는 게 보이는 것 같아요.

아버지께서 친히 전에 없던 형벌을 찾아내어,

당신 혈육의 형리가 되는 모습이 눈에 선해요.

용서하세요. 잔인한 신이 당신 집안을 파멸시킨 거예요.

1290 당신 딸의 광증에서 그의 복수를 알아보세요.

아아! 무서운 죄의 수치 이 몸 붙어 다니지만, 단 한 번도,

제 가련한 마음은 그 죄의 열매 거둔 적이 없답니다.

마지막 숨을 내쉴 때까지 불운에 쫓기다가

번뇌 속에서 이 괴로운 목숨을 돌려드립니다.

외논

1295 아이고! 물리치세요, 마마, 당치 않은 두려움이에요.

용서받을 수 있는 과오이니 다른 눈으로 보세요.

왕비님은 사랑하시죠. 사람은 자기 운명을 이길 수 없어요.

치명적인 마력에 끌려서 여기까지 오신 거예요.

그래 그것이 들어본 적 없는 신기한 일인가요?
지금껏 사랑에 진 사람이 왕비님밖에 없습니까? 1300
그런 연약함은 인간에게 너무도 자연스러울 뿐이죠.
왕비님도 인간이니, 인간의 숙명을 따르세요.
마마는 오래전부터 있어온 멍에를 한탄하고 계세요.
신들조차, 올림포스에 사는 신들,
그토록 무서운 굉음으로 죄인들을 질리게 하는 신들조차, 1305
가끔은 불륜의 사랑을 불태운 적이 있습니다.

페드르

이게 무슨 말이지? 감히 무슨 충고를 하는 거냐?
그래 그렇게 끝까지 내게 독을 먹이고 싶으냐,
불행한 여자야? 네가 파멸시킨 내 꼴을 봐라.
도망치려던 삶으로 나를 다시 데려간 건 바로 너야. 1310
너의 애원이 내 의무를 잊어버리게 만들었어.
이폴리트를 피했는데, 네가 그를 보게 했다.
무슨 짓을 한 거냐? 왜 그 불경스러운 입으로
그를 고발해서 감히 그의 삶에 먹칠을 했느냐?
아마 그는 그 때문에 죽을 거다. 분별없는 아버지의 1315
신성모독적인 그 소원은 아마 가납되었겠지.
다시는 네 말을 듣지 않겠다. 물러가라, 끔찍한 괴물아.
없어져, 통탄할 내 숙명을 돌보는 것은 내게 맡겨라.
의로운 하늘이 네 죄를 합당하게 갚아주시기를.
그래서 네게 내린 천벌이 영원히 떨게 만들기를. 1320

너와 마찬가지로, 비열한 술책을 부려
불행한 왕공들의 약점을 키우고,
그 마음이 기운 비탈길로 그들을 밀어붙여,
뻔뻔스럽게도 그들 앞에 죄악의 길을 닦는 자들,
1325 노한 하늘이 왕들에게 내리는 가장 치명적인 선물인
가증스러운 아첨꾼 모두를 말이다.

외논

(독백)

아, 맙소사! 저분을 위해서는 뭐든 하고, 모두 버렸다.
그런데 이것이 그 대가란 말인가? 모두 내 탓이다.

| 5막 |

1장

이폴리트, 아리시. 〔이스멘.〕

아리시

예? 이런 위험천만한 상황에서 침묵한단 말씀입니까?
왕자님을 사랑하는 아버님을 오해하시게 두실 겁니까? 1330
무정한 분, 제 눈물도 대수롭게 여기지 않으시고,
두 번 다시 저를 보지 못해도 아무렇지 않으시면,
가세요, 이 불쌍한 아리시 곁을 떠나세요.
하지만 떠나시더라도 목숨만은 보존하고 떠나세요.
수치스러운 비난으로부터 당신의 명예를 지키고, 1335

아버님이 청원을 거두실 수밖에 없게 만드세요.
아직 시간이 있어요. 왜입니까? 무슨 생각으로
당신을 중상하는 자를 그대로 둡니까?
테제 왕에게 밝히세요.

이폴리트

세상에! 왜 아무 말도 안 했냐고요?
1340 내가 그분 잠자리의 치욕을 밝혀야 했을까요?
지나치게 사실대로 낱낱이 아뢰어,
아버님 얼굴을 당치 않은 홍조로 덮어야 했을까요?
이 추악한 비밀을 아는 이는 오직 당신뿐이에요.
내 마음을 털어놓을 데는 당신과 신들밖에는 없어요.
1345 나 자신에게도 감추고 싶었던 모든 것을
그대에게는 감출 수 없었으니, 아시겠지요, 내 사랑을.
하지만 내가 얼마나 함구를 다짐했는지 돌이켜보세요.
할 수만 있다면, 제가 한 말을 모두 잊어버리세요.
공주님, 결단코 이처럼 순수한 입이
1350 그같이 끔찍한 사건을 담기 위해 열려서는 안 됩니다.
신들의 공정함에 우리를 맡깁시다.
그들에게는 나를 변호해야 할 이유가 너무 많으니까.
언젠가 페드르는 자기 죄로 벌을 받아
응분의 치욕을 피할 수 없을 겁니다.
1355 그대가 존중해주기를 바라는 것은 그것 하나뿐.
나머지는 나도 내 분노가 하자는 대로 할 겁니다.

당신이 처해 있는 그 예속 상태를 벗어나세요.
용기를 내어 나를 따라 도주 길에 동반하세요.
미덕마저 독으로 오염된 공기를 호흡하는
이 불길하고 타락한 곳에서 벗어나세요. 1360
황급히 떠나는 것을 숨기기 위해
나의 불운이 야기한 혼란을 이용하세요.
도주 방법에 대해서는 내게 맡기세요.
지금까지 그대의 호위병은 내 부하들뿐이었으나,
앞으로는 유력한 지지자들이 우리 편이 될 겁니다. 1365
아르고스가 팔을 벌리고, 스파르타가 우릴 부릅니다.
우리 둘 다 지지하는 나라들에게 우리의 정당한 주장을 들려줍시다.
우리 두 사람이 잃은 것을 모아들인 페드르가,
나도 당신도 아버지의 왕좌에서 몰아내고,[98)]
그대와 나의 상속분을 제 자식에게 약속하도록 만들지 맙시다. 1370
기회가 좋습니다, 그걸 잡아야 해요.
무엇이 두려워서 주저합니까? 망설이는 것 같군요?
오직 당신을 위하는 마음이 내게 이런 용기를 주는데,
나는 온통 불타고 있는데, 당신의 그 싸늘함은 어인 일이오?
추방당한 자를 따라나서기가 겁나시나요? 1375

아리시

아아! 왕자님, 그런 귀양살이라면 얼마나 좋을까요!
얼마나 황홀하겠습니까, 당신 운명에 결합되어서,
나머지 인간들에게 잊혀진 채 살 수 있다면!
하지만 그토록 다정한 연분으로 맺어지지도 않은 채,
1380 제가 어찌 명예롭게 당신과 도망칠 수 있겠습니까?
저도 압니다, 가장 까다로운 명예의 요구에도 저촉됨이 없이,
당신 아버지의 손에서 벗어날 수 있다는 것을.
제 자신의 양친에게서 도망치는 게 아니니까요.
게다가 폭군에게서 달아나는 이에게는 도주가 용인되지요.
1385 하지만 당신은 저를 사랑하시니, 왕자님, 사람들의 이목이 …….

이폴리트

아니, 아니, 당신의 평판은 내게도 몹시 소중합니다.
나는 보다 고결한 계획을 가지고 당신 앞에 왔어요.
당신의 적들을 피하여, 당신의 남편을 따르십시오.
하늘의 명으로 불행 중에도 자유로워진 우리,
1390 사랑의 맹세를 주고받는 걸 아무도 구속할 수 없습니다.
혼례가 늘 화촉에 둘러싸여 이루어지는 것은 아니지요.
트레젠의 성문 곁에 있는 그 무덤들,
우리 가문 왕공들의 오래된 묘소들 한가운데,

거짓 맹세하는 자를 엄히 벌하는 신전이 있어요.
누구도 감히 거짓 맹세를 못하는 곳이 바로 거깁니다. 1395
신의 없는 자는 즉각 천벌을 받으니까.
거기서는 반드시 죽을 것이라고 두려워하니,
거짓말에 그보다 더 무서운 재갈은 없소.
그대가 나를 믿는다면, 거기로 가서
영원한 사랑의 엄숙한 맹세를 다집시다. 1400
그 신전에 모신 신을 증인으로 삼읍시다.
그 신에게 우리 둘의 아버지가 되어달라고 기도합시다.
나는 거룩한 신들의 이름으로 맹세하겠어요.
순결한 다이애나, 존엄한 주노,
모든 신이 내 사랑의 증인이 되어 1405
거룩한 내 약속이 진실함을 보장해줄 거요.

아리시

왕이 와요. 피하세요, 왕자님, 그리고 속히 떠나세요.
저는 제 출발을 눈치 채지 못하도록 조금만 더 있겠어요.
가세요. 그리고 겁 많은 제 발걸음을 당신에게로 인도할
충직한 안내자를 남겨주세요. 1410

2장

테제, 아리시, 이스멘.

테제

신들이여, 저의 불안한 마음을 밝혀주고, 이 눈앞에
보여주소서, 내가 여기서 찾고 있는 진실을.

아리시

만사에 유념해서, 이스멘, 곧 빠져나갈 수 있게 준비해라.

3장

테제, 아리시.

테제

안색이 변하고 당황하는 것 같구려.
1415 공주, 이폴리트가 여기서 뭘 하고 있었소?

아리시

전하, 그분은 제게 영원한 작별을 고했습니다.

테제

그대의 눈이 그 뻣뻣한 마음을 길들일 수 있었다지.
그를 처음 탄식하게 한 것도 그대의 장한 업적이고.

아리시

왕이시여, 저는 마마께 진실을 부인할 수 없습니다.
그분은 전하의 부당한 증오심을 물려받지 않았습니다. 1420
그분은 저를 조금도 죄인으로 취급하지 않았습니다.

테제

알겠소, 그대에게 영원한 사랑을 맹세했겠지.
그러나 신실치 못한 그 마음을 결코 믿지 마시오.
그자는 다른 이들에게도 똑같은 맹세를 했으니.

아리시

그분이요, 전하? 1425

테제

그놈의 바람기를 좀 잡았어야지.
어찌 그런 끔찍한 공유를 용납했단 말이오?

아리시

전하야말로 어찌, 그 같은 끔찍한 언행들이
그리 훌륭하게 살아온 분을 감히 모함하도록 두십니까?
그분의 마음을 그리도 모르십니까?
유죄와 무죄를 그리도 분별하지 못하십니까? 1430
오직 전하의 눈만 가증스러운 먹구름에 가려
만인의 눈에 빛나는 그분의 미덕을 보지 못하셔야 합니까?
아! 진실치 못한 혀들에 그분을 내맡기시다니요.
멈추십시오. 살인을 원하는 전하의 소원을 돌이키십시오.

1435 두려워하세요, 전하, 두려워하세요, 준엄한 하늘이
전하가 미워서 전하의 소원을 들어줄지도 몰라요.
종종 하늘은 노여워서 우리의 제물을 받기도 하고,
하늘의 선물은 종종 우리 죄에 대한 벌일 때도 있어요.

테제

아니야, 그대는 헛되이 그의 범죄를 덮어주려 하고 있소.
1440 사랑에 눈이 멀어 배신자를 두둔하는 거야.
하지만 나는 반박할 수 없는, 확실한 증거를 믿고 있소.
나는 보았소, 진실된 눈물이 흐르는 걸 이 눈으로 본 거요.[99)]

아리시

조심하세요, 전하. 천하무적인 전하의 손이
수많은 괴물에게서 인간들을 해방시켰지요.
1445 하지만 다 죽진 않았어요. 전하가 살려두셨지요,
그중에……. 아드님이, 전하, 더 이상 말하지 말라고 하십니다.
끝까지 전하를 존중하려는 그분의 마음을 아는 이상,
다 말씀드리면 그분을 너무 상심하게 해드릴 겁니다.
그분의 신중함을 본받아, 전하를 뵙는 것을 피하겠습니다.
1450 어쩔 수 없이 침묵을 깨지 않도록 말입니다.

4 장

테제.

테제

(독백)

대체 저 여자는 무슨 생각을 하는 거지? 뭘 감추고 있지,
그렇게 여러 번 운을 떼고는, 줄곧 중단하는 저 이야기는?
부질없는 연극으로 나를 현혹시키려 하는 걸까?
둘이 짜기라도 했나, 나를 고문하기로?
그보다 나 자신, 가차 없이 엄격하고자 하건만, 1455
마음 밑바닥에서 외치는 이 애처로운 목소리는 뭔가?
남모르는 연민이 내 마음을 괴롭히고 뒤흔드는구나.
다시 한번 외논을 심문해보자.
죄의 전모를 좀더 분명히 알아야겠다.
경비병, 외논 혼자 여기로 나오라고 해라. 1460

5 장

테제, 파노프.

파노프

왕비님께서 무슨 생각을 하시는지는 모르겠습니다,
전하. 하오나 그분을 뒤흔드는 걱정이 몹시 염려되옵니다.
죽음 같은 절망이 그분의 얼굴에 드리워져 있습니다.
죽음의 창백함이 벌써 그분의 안색에 완연합니다.
1465 벌써 그분의 안전에서 수치스럽게 쫓겨난 외논은
깊은 바다에 몸을 던지고 말았습니다.
왜 그런 미친 생각을 품었는지는 아무도 모릅니다.
파도가 우리 눈에서 외논을 영원히 앗아갔습니다.

테제

그게 무슨 소리냐?

파노프

외논의 죽음도 왕비님을 진정시키지
못했습니다.
1470 불안정한 그분의 영혼에서는 불안만 커지는 모양입니다.
때때로 남모르는 고뇌를 달래시려는지,
아드님들을 붙잡고, 눈물을 퍼부으십니다.
그러다가는 갑자기 모정을 거두시고,
끔찍한 듯 멀찌감치 밀어버리세요.

발길 가는 대로 이리저리 헤매고 다니십니다. 1475
완전히 넋이 나간 그분의 눈은 우리도 못 알아보십니다.
세 번이나 편지를 쓰셨다가는, 생각을 바꾸시고,
세 번 다 쓰다 만 편지를 찢어버리셨어요.
그분을 봐주세요, 전하, 그분을 구해주세요.

테제

오, 이런! 외논은 죽고, 페드르는 죽으려 한다고? 1480
내 아들을 불러오라. 와서 자기를 변호하라 이르라.
와서 내게 말하라고 해. 그의 말을 들어야겠다.
죽음을 부르는 호의를 서둘러 베풀지 말아다오,
넵튠이여. 내 소원이 이루어지지 않았으면 좋겠구나.
내가 정직하지 않은 증인들을 너무 믿은 모양이다. 1485
그러고는 너무 빨리 네게 내 잔인한 손을 쳐들었구나.
아! 내 소원에 어떤 절망이 따라올지 무섭구나!

6 장

테제, 테라멘.

테제

테라멘, 자넨가? 내 아들을 어떻게 했나?
어리디어린 나이부터 그 아이를 자네에게 맡겼는데.

1490 그런데, 무슨 연고로 눈물을 흘리는고?
내 아들은 어찌 됐나?

테라멘

오, 다 늦어버린 부질없는 걱정! 소용없는 애정!
부질없는 애정입니다! 이폴리트는 이제 없습니다.

테제

신들이여!

테라멘

전하, 가장 사랑스러운 인간, 나아가 감히 아뢰건대
가장 죄 없는 인간이 죽는 것을 이 눈으로 보았습니다.

1495 테제

내 아들이 죽었다고! 뭐야? 그 아이를 향해 팔을 내미는데,
참을성 없는 신들이 서둘러 그 애를 죽게 했단 말이냐?
어떤 사고가 내게서 그 애를 빼앗아갔느냐? 어떤 날벼락이냐?

테라멘

트레젠의 성문을 막 빠져나갔을 때였습니다.
왕자님은 전차를 타고 있었죠. 침통한 호위병들은
1500 그분을 따라 말없이, 주위에 정렬하고 있었습니다.
그분은 골똘히 생각에 잠겨 미케네 길을 따라가고 있었습니다.

고삐들이 말 위에 늘어진 채 엉키게 내버려두시고요.
전에는 그토록 고상한 열정으로 가득 차서,
그분 목소리에 복종하던 그 당당한 준마들도,
이젠 맥 빠진 눈으로, 머리를 떨군 채, 1505
그분의 침통한 생각에 보조를 맞추는 것 같았지요.
바로 그 순간, 끔찍한 고함 소리가,
바다 깊숙이에서 터져 나와, 대기의 평정을 깨트렸어요.
땅속에선 무서운 목소리가 신음하면서
그 겁나는 고함 소리에 응답했지요. 1510
저희는 심장 밑바닥까지 피가 얼어붙었어요.
긴장한 준마들은 갈기의 털을 곤두세웠어요.
그러는 사이에 바다의 평원 한복판 위로,
산더미 같은 물줄기가 거대한 거품을 만들며 솟아올라요.[100)]
파도가 덮치며 부서지더니, 우리 눈앞에 1515
물거품과 더불어 광란하는 한 괴물을 게워냅니다.
넓은 이마빼기엔 위협적인 뿔들이 솟아 있고,
온몸이 누르스름한 비늘로 덮여 있습니다.
길들일 수 없는 황소랄까, 맹렬한 용이랄까,
놈의 엉덩이는 구불구불 주름 잡혀 휘어 있습니다. 1520
놈의 긴 포효가 해안을 진동하게 만듭니다.
하늘도 그 사나운 괴물을 끔찍한 듯 바라보고,
땅도 요동치고, 대기도 오염되고,

놈을 데려온 파도는 겁에 질려 후퇴합니다.

1525 모두 달아납니다. 용기를 내보았자 쓸데없으니,

각자 가까운 사원으로 몸을 피하는데,

오직 이폴리트만이, 영웅의 아들답게,

말들을 세우고 창을 거머쥐더니,

괴물을 향해 돌진해, 틀림없는 솜씨로 창을 날려

1530 놈의 옆구리에 커다란 상처를 입힙니다.

괴물은 화가 나고 아파서 펄쩍 뛰어오르더니,

소리를 내지르며 말들 아래로 떨어져 구르며,

말들에게 불을 뿜는 아가리를 들이대니,

그것들은 불과 피, 연기로 범벅이 됩니다.

1535 공포가 말들을 사로잡습니다. 이젠 귀머거리가 되어,

고삐건 명령이건 도무지 알아듣지 못합니다.

말 주인은 보람 없이 애쓰느라 기운이 다 빠지고,

말들은 피거품으로 재갈을 붉게 물들입니다.

누가 보니, 이 끔찍한 혼란 속에서 어떤 신이 뾰족한 막대로

1540 먼지투성이가 된 말들의 옆구리를 찌르기까지 하더랍니다.

공포가 말들을 바위 사이로 몰아넣습니다.

차축이 소리를 내지르며 깨어집니다. 전차가 튀어 오르며

끝내 굴하지 않은 이폴리트의 눈앞에서 산산조각납니다.

그러자 이폴리트 자신마저 고삐에 엉킨 채 떨어집니다.

제 괴로움을 용서하십시오. 그 참혹한 광경은 1545
저에게는 도저히 마를 수 없는 눈물샘이 될 테니까요.
저는 봤습니다, 전하, 저는 봤어요, 전하의 불행한 아드님이
손수 키운 말들에게 끌려 다니는 것을.
말들을 부르려고 하셨는데, 오히려 그 소리가 겁먹게 했어요.
말들이 내달립니다. 순식간에 그분의 몸 전체가 하나의 상처가 되고, 1550
우리의 비통한 울부짖음이 바다에 울려 퍼집니다.
마침내 말들의 미친 듯한 질주가 점차 느려지더니,
왕자님의 선조이신 왕들이 싸늘한 유해로 누워 있는
옛 무덤에서 그리 떨어지지 않은 곳에서 멈췄습니다.
제가 한탄하며 거기로 달려가니, 호위병도 제 뒤를 따릅니다. 1555
그분의 고결한 핏자국이 우리를 인도하는 겁니다.
바위들은 피로 물들어 있어요. 핏방울이 듣는 가시덤불에는
피 묻은 말의 살점들이 걸려 있습니다.
제가 당도해 그분 이름을 부르니, 손을 내밀며
마지막으로 눈을 뜨셨다가 곧 다시 감으십니다. 1560
"하늘이 내게서 죄 없는 목숨을 앗아가네.
나 죽은 뒤 가엾은 아리시를 돌보아주오.

친구여, 어느 날 아버님이 진실을 알게 되어,
누명을 쓴 아들의 불행을 불쌍히 여기시거든,
1565 그분께 말해주오, 내가 흘린 피와 한 많은 혼백을 달래려면,
그분의 포로인 아리시를 잘 대해주십사고.
아리시에게 돌려주시라고……." 이 말을 끝으로 숨을 거둔 그 영웅은,
제 팔에 형체가 망가진 육신만을 남겨놓으셨습니다.
신들이 한바탕 분풀이로 승리를 구가한 가련한 대상,
1570 친아버지의 눈조차 알아보지 못할 가련한 몸을 말입니다.

테제

오, 내 아들아! 나를 그리도 기쁘게 했던 소중한 희망아!
가혹한 신들아, 나를 위해 너무 애를 썼구나!
나는 이제 어떤 참담한 후회 속에 살아갈 것인가!

테라멘

겁을 먹은 아리시가 그때 도착했습니다.
1575 그녀가 온 것은, 전하, 전하의 노여움을 피해서,
신들 앞에서 그분을 남편으로 맞이하기 위해서였습니다.
다가와 김이 피어오르는 붉은 풀을 봅니다.[101)]
그냥 봅니다(연인의 눈에 이 무슨 광경이란 말입니까!)
형체도, 핏기도 없이 늘어져 있는 이폴리트를.
1580 그녀는 자신에게 닥친 불행을 얼마간 의심하고 싶은지,
애모하는 그 영웅을 알아보지 못하고,

눈앞에 이폴리트를 두고도, 계속 찾는 거예요.
그러나 결국 그가 자기 눈앞에 있음을 의심할 수 없게 되자,
비통한 눈길로 신들을 원망합니다.
그러고는 싸늘해져서 신음하며, 거의 죽은 듯이, 1585
사랑하는 이의 발치에 기절하고 맙니다.
이스멘이 그분 곁에 있습니다. 온통 눈물범벅이 된 이스멘이
그녀를 다시 생명으로, 아니 차라리 고통으로 불러냅니다.
그래서 저는 빛을 저주하며 여기에 왔습니다.
전하, 전하께 한 영웅의 마지막 바람을 아뢰어, 1590
숨을 거두면서 진심으로 제게 맡긴,
그 불행한 임무를 이행하기 위해서요.
하온데 그분의 철천지원수가 오는군요.

마지막 장

테제, 페드르, 테라멘, 파노프, 호위병들.

테제

자, 보구려! 당신이 이겼소. 내 아들은 죽었소.
아! 내가 두려운 건 너무나 당연하오! 잔인한 의심이 내 1595

마음속에서
그를 변호하며 내게 경고하는 것 또한 너무나 당연할 거요!
하지만, 부인, 그 애는 죽은 몸, 당신의 제물을 받으시오.
부당하든 정당하든 그 아이의 죽음을 즐기시오.
진실이 무엇이든 영영 눈 감아버리리다.
1600 그에게 죄가 있다고 믿겠소, 당신이 고발하니까.
내가 아무리 괴로워한들 그를 돌려줄 리 없고,
기껏해야 나의 불행만 커지게 할
추악한 진상을 찾으려 할 것도 없이,
그의 죽음만으로도 내겐 충분히 눈물거리요.
1605 당신에게서, 그리고 이곳에서 멀리 떠나,
짓찢긴 아들의 유혈 낭자한 모습을 피하고 싶소.
끔찍한 기억으로 넋이 빠지고 시달려서,
나 자신을 이 세상에서 추방하고 싶소.
모든 것이 들고일어나 나의 부당함을 비난하는 것 같소.
1610 내 명성마저 나의 고통을 가중시키고 있소.
사람들에게 덜 알려졌더라면 숨기도 쉬우련만.
나를 명예롭게 해준 신들의 배려조차 미울 뿐이오.
그러니 나는 신들이 살생으로 베푼 호의를 한탄하러 가겠소.
더 이상 부질없는 기도로 그들을 귀찮게 하지 않고 말이오.
1615 신들이 내게 무엇을 해주었건, 죽음을 부른 그들의 선의는
자기들이 내게서 앗아간 것을 갚아주지 못할 테니.

페드르

아니요, 테제, 부당한 침묵을 깨트려야 해요.
아드님의 결백을 밝혀야만 합니다.
그분에겐 전혀 죄가 없어요.

테제

아, 불운한 아비로다!
내가 그 아이를 정죄한 건 당신 말을 믿었기 때문이야! 1620
잔인한 여인이여, 용서가 될 거라고 생각…….

페드르

내게는 일각이 소중하니, 내 말을 들어요, 테제.
순결하고 존경스러운 그 아들에게
불경스러운 패륜의 눈길을 던진 사람은 바로 납니다.
하늘이 내 가슴에 재앙을 부르는 불을 질렀어요. 1625
그 나머지는 모두 가증스러운 외논이 주도했어요.
외논은 두려웠던 거죠, 내 광증을 알게 된 이폴리트가
소름 끼치는 그 사랑의 불을 사람들에게 폭로할까 봐.
그 위증자는 제가 극도로 쇠약해진 틈을 타,
서둘러 당신 안전에 나가 그를 먼저 모함한 겁니다. 1630
그 여자는 죗값을 치르고, 나의 노여움을 피해
파도 속에서 너무 가벼운 형벌을 찾았습니다.
칼이었으면 벌써 이 목숨을 끊어주었을 것입니다.
하지만 나는 의심받은 미덕이 신음하게 내버려두었던 터.
당신 앞에서 내 마음의 가책을 털어놓으며, 1635

좀더 느린 길로 망자들에게 내려가고 싶었습니다.
메데[102]가 아테네에 가져온 독약을 삼켜
불타는 내 혈관 속에 흘려 보냈습니다.
벌써 심장에까지 올라온 독기가 죽어가는 이 가슴에
1640 한 번도 느껴보지 못한 한기를 끼칩니다.
벌써 구름을 통해 보듯 흐릿하구나,
하늘도, 또 나의 존재가 모욕한 남편도.
이제 죽음이 내 눈에서 밝은 빛을 앗아다가
그것이 더럽힌 일광에 온전한 순결을 돌려주는구나.

파노프

1645 숨을 거두셨습니다, 전하.

테제

너무도 비통한 일의 기억까지
저 여자와 함께 사라져버릴 수는 없는가!
가자, 아아! 내 과오를 너무도 잘 알았으니,
가서 불쌍한 내 아들의 피에 우리의 눈물을 섞자.
가자꾸나, 소중한 아들의 유해를 끌어안고,
1650 이젠 저주스럽기만 한 그 미친 소원을 속죄하러.
그 애가 받아 마땅했던 명예를 돌려주자.
죽은 내 아들의 성난 영혼을 달래기 위해
불의한 가문의 역모에도 불구하고
그가 사랑한 여자를 오늘 내 딸로 삼으리라.

작가 인터뷰

◆

인간적인
진실로 인간적인

◆

이 인터뷰는 옮긴이가 텍스트와 서문 그리고 졸저 《라신느 비극 연구》(문학과지성사, 1987)를 바탕으로 가상으로 꾸민 것이다.

심민화_《바자제*Bajazet*》는 당신의 열두 작품 중 일곱 번째 작품으로 1672년에 공연되었습니다. 바로 다음 해인 1673년에 당신이 아카데미 회원으로 선출되는 것을 생각할 때 이때 이미 당신의 성공은 확고해졌다고 할 수 있겠습니다. 헌사가 사라진 것에서도 그것을 느낄 수 있습니다. 당신의 자신감을 드러내는 것이니까요. 당신은 앞선 작품들을 왕의 최측근이나 왕 자신에게 바침으로써, 작품의 성가를 높이고 출세도 도와줄 사람을 고르는 데 매우 뛰어난 감각을 보여주었지요. 그런데 《바자제》의 소재와 구성을 보면 극작에서는 이 자신감이 당신이 이전에 따르거나 주장했던 이론을 뒤집는 것으로 나타나는 것 같습니다. 고전 비극은 그리스나 로마의 역사나 전설에서 소재를 취하고, 단일한 주제에 집중된 단순한 극행동을 지향하는 것 아닙니까. 그런데 이 극은 그리 오래지 않은 과거에 터키 궁전에서 일어난 사건을 다루며, 극행동도 몹시 복잡하니 말입니다.

라신 _ 먼저 창작 당시 터키의 현대사에서 취재한 것에 대해서는 1676년 출판본에 붙인 서문이 답해주리라 생각합니다. 비극의 인물들에 대한 경외감은 거리감에서 비롯된다는 것이지요. 그 거리는 시간적인 것일 수도 있고, 공간적인 것일 수도 있습니다. 신화나 전설의 장식과 이국의 풍물이 이 거리를 시적으로 치장하고 인물들에게 비극 인물다운 후광을 부여합니다. 나는 여기서 벙어리 노예들이나, 아프리카의 불타는 기후 등을 언급하여 "시를 극도로 풍성하게 해주는 전설의 장식들"[103]을 대신하게 했습니다. 관중으로 하여금 일상사를 잊고, 현재와 다른 시간, 여기와 다른 공간을 꿈꿀 수 있게 하기 위해서지요. 더불어 당시에 매우 뜨거웠던 터키 열풍도 작용했다는 것을 고백해야겠군요. 내 작품들만 놓고 보면 예외적으로 보이지만, 사실 터키는 17세기 전반부터 프랑스 연극 무대에 자주 등장했습니다. 1670년에는 루이 14세가 외교 관계를 맺기 위해 터키에 대사를 파견하여 터키에 대한 관심이 더욱 고조되었지요. 비극은 아닙니다만 1670년에 상연된 몰리에르 Molière의 《서민귀족*Le Bourgeois gentilhomme*》도 터키풍의 유행을 반영하고 있습니다. 비극이란 결국 시대와 국경을 초월해서 인간에게 고유한, 인간이 타고난 보편적 진실을 재현하는 양식이라고 생각해온 나로서는 고대 그리스와 로마의 테두리를 벗어나, 세인의 관심을 자극하고 있는 다른 환경에서 그 목표에 도전해보고 싶기도 했고요.

심민화_ 거듭되는 반전과 외적 사건의 개입 등으로 이루어진 복잡한 극행동과 유혈 낭자한 결말에 대해서는 어떻게 생각해야 할까요? 당신은 《브리타니퀴스*Britannicus*》 서문에서 외적 사건이 문제 되지 않는 단순한 극행동을 주장했고, 《베레니스*Bérénice*》는 그 공식을 극단까지 몰고 갔습니다. 또 《베레니스》 서문에서는 "창조란 무에서 무엇인가를 만들어내는 것"이고 "비극에 꼭 유혈과 주검이 있어야 할 필요는 없다"[104]라고 했습니다. 그런데 바로 다음 작품인 《바자제》에서는 주인공들이 매우 복잡하게 얽혀 서로 속고 속이며 반전과 돌변을 이어갑니다. 결말은 외부로부터 오고요. 주인공 셋이 모두 죽습니다.

라신_ 내가 전작의 서문에서 단순한 극행동을 내세운 것은 노시인(코르네유Pierre Corneille)[105]의 편인 나의 적들이 단순성을 내 비극의 결함으로 공격했기 때문입니다. 전작의 서문들은 공격받은 작품을 옹호하기 위해 쓴 것입니다. 《바자제》를 쓰면서는 나도 복잡한 줄거리를 창조할 수 있다는 것을 보여주려 했구요. 하지만 여기서도 터키의 역사에서 내가 취한 것은 "페르시아를 정복한 다음 날 터키 황제 뮈라 4세는 자기의 동생 바자제를 죽이라는 명령을 보냈다"[106]라는 간단한 진술뿐이므로, 의미는 약간 다르지만 '무에서 무엇인가를 만든 것'이라 할 수 있을 것입니다. 이 극은 바자제를 죽이라는 명령을 받은 밀사를 살해한 뒤 반란을 계획하고 있음을 알리는 아코마의 대사에서 시작해서 또 다른 밀사 오르캉이 도착하여 결국 바자제가 죽게 되는 데서 끝납니다. 결국 사형 선고에서 집행까지의 시간이 이 극의 시간인 것이지요. 나는 이 시간을, 죽음을 피할 수 있으리라는 인물들의 희망에서 비롯된, 말 그대로 '설왕설래'로 채워 넣었습니다. 그런데 설득, 위협, 기만, 고백, 철회 등으로 이루어진 이 설왕설래는 인물들의 관계 자체 때문에 아무 효력이 없는 것이 되어버립니다. 그러므로 이 설왕설래는 정해진 결말을 향해 나아가는 극행동 위에 일렁이는 파도와 같은 것일 뿐입니다. 극행동을 진전시킨다기보다는 인물들이 자기 마음의 겹을 알아가고, 회한을 쌓아감으로써 사필귀정의 느낌을 강화하는 기능을 할 뿐인 것이지요. 이렇게 나는 내가 다채로운 사건들을 만들지 못한다는 비난을 무색하게 만들면서, '나의 비극'에서도 멀어지지 않았습니다.

심민화_ 말씀하신 '나의 비극'이란 위에서 말한 '인간에게 고유한, 인간이 타고난 보편적 진실'을 다루는 당신만의 방식과 관련된 것이겠군요. 그리고 그것은 인물들의 설왕설래를 무위로 끝나게 하는 인물들의 관계를 통해 설명될 것 같습니다만.

라신_ 그보다 먼저, 아뮈라 황제로부터 오는 위협이 처음부터 끝까지 이 극의 무대인 궁전이라는 닫힌 공간을 포위하고 있지만, 마지막 순간까지 어떤 가능성이 열려 있다는 것을 말해야 합니다. 극이 진행되는 동안에는 희망이 있다는 것이지요. 아뮈라를 무너뜨리고 권력을 잡기 위해서라면 합리적 선택의 길이 분명히 제시되어 있습니다. 아코마의 계략이 그것입니다. 살기 위해서라면 그 또한 길이 없지 않습니다. 두 번이나 아코마는 도망을 위한 배가 항구에 마련되어 있다고 말합니다. 그런데 이 '~을 위한' 합리성에 불복하는 욕구, 저 자신의 충족을 원하는 정념의 욕구가 여기에 얽혀 있는 것이지요. 여기서 관계의 끈이 문제 되는데 아뮈라-록산-바자제-아탈리드로 이어지는 관계의 끈은 오른쪽 방향으로는 힘의 지배 관계가 되고, 왼쪽 방향으로는 사랑에 의한 지배 관계가 됩니다. 바자제는 아탈리드를 배신하고 록산의 지배하에 들어가거나, 록산을 거부함으로써 자기와 특히 아탈리드를 위험에 빠트릴 수밖에 없습니다. 이렇게 꼬여버린 관계 속에서 "내 희망은 오직 내 절망 속에 있구나!"(1막 4장 337행)라는 아탈리드의 탄식과 "오 하늘이여! 왜 나는 말을 못하나?"(2막 1장 561행)라는 바자제의 탄식이 나오는 것이지요.

바자제는 2막 3장에서 "아리따운 절망"(634행)으로 분연히 일어서겠다고 말합니다. 이 표현은 우리의 노시인 코르네유의 《오라스*Horace*》(3막 6장)에서 가져온 표현입니다. 코르네유의 영웅으로 하여금 삶에 대한 미련을 철저히 버리게 하는 절망, 그래서 오히려 자유롭게 결단하고 행동하게 하는 절망을 일컫는 말이지요. 바자제는 또 다른 장면에서 자신이 행동하지 못하는 것은 희망이 있는데도 두려움 때문에 도망치는 "비겁한 절망"(2막 5장 733행) 때문이 아니라고 말합니다. 바자제의 딜레마는 그 사이, 희망이 있는 절망 상태, "희망이 오직 절망 속에만 있는" 상황에 있습니다. 자유는 있으나 자유를 실천할 수 없는 상황, 그럼에도 불구하고 선택의 주체로서 결과를 책임져야 하는 상황인 것이지요. 모든 것이 운명에 의해 결정되고 영원에서부터 고정된 것을 재현하는 것처럼 진행되는 고대 비극과 나의 비극이 다른 점이 바로 이것입니다. 아뮈라의 계획(바자제의 살해)과 아코마의 계획(반란) 사이에 끼어 있었다고는 해도 바자제에게는 상황을 바꿀 만한 시간이 있었습니다. 그러므로 결국 아뮈라의 명령에 의해 죽지만 바자제의 죽음에는 스스로의 기여가 있습니다. 나아가 모두가 자기와 타인의 죽음에 기여합니다. 그래서 《바자제》의 인물들은 자기 모이라[107]에 따라 '크게 고통 받은 자'인 고대 비극의 인물들과는 달리 스스로 자기 운명을 지어간 자가 되는 것이지요. "내 죄로 인해 내 임이 죽는 걸" 본다(5막 종장)는 아탈리드의 대사처럼 말입니다.

심민화_ 그런 회한과 죄의식은 《바자제》에서 처음 등장하고, 《페드르*Phèdre*》에서 가장 날카롭게 제기되는 주제입니다. 이제 《페드르》에 대해서 이야기하도록 할까요? 먼저 《페드르》를 쓰신 배경에 대해 말씀해주시죠.

라신_ 《페드르》는 그리스 비극에서 취재한 다른 비극 《이피제니*Iphigénie*》를 쓰고 나서 3년 만에 쓴 작품입니다. 《브리타니퀴스》를 빼면 이만큼의 시간을 두고 쓴 작품은 없습니다.

공들인 작품이라고 할 수 있지요. 그러나 그사이에 이전에 쓴 작품들을 모아 두 권짜리 전집을 냈으니까 이 작품에만 매달렸다고는 말할 수 없습니다. 노시인 코르네유가 1674년 이후에는 작품을 쓰지 않아 경쟁자도 없었으니 여유도 있었고요.

아무튼 내가 《이피제니》 이후 다시 그리스 비극을 쓰게 된 데는 당시 새로운 장르인 오페라가 큰 인기를 끌기 시작했다는 것도 작용했습니다. 나는 기계 장치를 동원한 희한한 장경과 음악으로 손쉽게 관중을 홀리는 오페라의 유행을 언짢게 여겨 그리스 비극에 견줄 만한 참다운 비극을 만들어야겠다고 생각했습니다. 압축된 언어로 아리스토텔레스가 말한 연민과 공포를 자아내는 비극을 말입니다. 페드르라는 인물만으로도 그렇게 할 수 있을 것 같았습니다. 의붓자식을 향한 그녀의 맹목적 사랑에는 고대적 숙명성과 숭고가 구현될 수 있는, 무시무시하면서도 가련한 그 무엇이 있으니까요. 그 때문에 나는 그녀의 성격 하나만으로도 "내가 연극 무대에 올린 것 중 가장 합리적인 것"[108]이라고 하였던 것입니다.

심민화_ 《페드르》의 구조는 《바자제》의 그것과 유사합니다. 우선 최고 권력자의 부재 상황이 있고, 삼각 관계인 인물 간의 관계가 있습니다. 아뮈라 황제의 부재 상황이 그랬듯이 테제 왕의 부재 상황도 극행동을 촉발하는 계기가 됩니다. 아탈리드와 서로 사랑하는 바자제를 황후 록산이 사랑하는 것처럼 아리시와 서로 사랑하는 이폴리트를 왕비 페드르가 사랑합니다. 권력자의 부재는 그의 존재 때문에 금지되었던 욕망을 추구할 수 있는 가능성을 열고, 인물 간의 관계는 그 가능성을 파괴하지요. 그런데 말씀하신 대로 《페드르》에는 《바자제》에 없는 그 무엇, 초월성을 감지하게 하는 그 무엇이 있습니다. 그것을 설명해주십시오.

라 신 _ 《바자제》에서도 보았지만 내 비극을 비극으로 만드는 것은 언제나 인물들의 감정적 요구였습니다. 그런데 이 감정적 요구, 즉 정념 자체가 윤리적 문제를 야기한 적은 없었고 그것은 《바자제》에서도 마찬가지였습니다. 그런데 여기서는 정죄될 수밖에 없는 정념이 문제 됩니다. 이것을 강조하기 위해 나는 페드르와 이폴리트의 사랑을 병치했습니다. 이폴리트의 사랑도 금지된 사랑이지만 그것은 오직 정치적 이유 때문입니다. 테제는 이폴리트의 사랑을 금하였지만 이폴리트의 사랑을 정당화하기도 합니다(1막 1장). 하지만 페드르의 사랑은 처음부터 죄로 인식되고, 누구보다 페드르 자신에 의해 그렇게 인식됩니다. 정념과 그에 대한 죄의식은 페드르에게서 동시에 발생하는 것으로, 페드르는 이폴리트를 처음 보았을 때 "붉어지고 새하얘졌"으며 "타오르고 얼어붙"었다(1막 3장, 273행, 276행)고 말합니다. 사랑에 사로잡히는 순간, "미노스와 파지파에의 딸"(1막 1장, 36행)이라는 페드르의 양가적 정체성이 감각적으로, 육체적으로 발현되는 것이지요. 페드르 안에서 파지파에(욕망)가 불 지른 것을 미노스(이성)가 단죄하는 겁니다. 페드르의 이성으로 하여금 정념의 발생과 동시에 그것을 단죄하고, 그것과 가망 없는 전투를 벌이게 하는 것은 후대 철학자가 말한 '정언 명령' 이지, 어떤 가치가 더 수호할 만하다든가 어떻게 행동해야 더 유리하다든가 하는 상황 논리가 아닙니다. 페드르가 그 정념을 없애기 위해 치르는 온갖 노력은 《바자제》의 인물들에게 주어진 바 '~을 위한' 합리적 선택과는 차원이 다르다는 것이지요. 절대의 수준에 이른 이 윤리 의식이, 그것으로도 제어하지 못하는 정념 또한 숭고의 수준으로 드높입니다. 이 의식이 그녀를 "괴물"(2막 3장, 701행) 또는 "삼라만상의 가련한 찌꺼기"(4막 종장, 1241행)로 만들고, 떨쳐버릴 수 없는 사랑의 대상 이폴리트를 "신"(1막 3장, 286행)으로 격상시킵니다. 정언 명령의 발신자요 최후의 심판자인 태양과 미노스(아버지이면서 지옥의 판관인)만이 페드르의 진정한, 궁극적 대화 상대자가 됩니다. 이런 고양, 페드르가 품은 사랑을 이폴리트나 테제가 하는 봐줄 만한 연애 또는 쩨쩨한 '비행' 이 아니라 천륜을 어긴 '범죄' 로 만드는 이 크기와 깊이가 《바자제》에는 없는 차원(초월성의 차원이라고 해도 좋을)을 이 극에 부여하는 것입니다.

심민화_ 그러고 보니 《바자제》에서는 전혀 언급되지 않던 신이 《페드르》에서는 많이도 언급됩니다. 당신은 서문에서 페드르의 죄는 자기 의지의 작용이라기보다 신들의 징벌이라고 쓰고 있습니다. 그렇다면 이 비극의 진정한 연출자는 신들이요, 페드르는 단지 신들의 장난감일 뿐이라는 뜻인지요?

라신_ 에우리피데스의 《히폴리토스*Hippolytos*》와 나의 작품을 비교해보면 그 질문에 답이 될 것입니다. 에우리피데스의 비극에서는 아프로디테와 아르테미스가 직접 무대에 등장합니다. 첫 장면에서 아프로디테는 자기에게 죄를 지은 히폴리토스를 벌하기 위해 앞으로 일어날 일들을 오래전부터 준비해왔다고 말합니다. 그러나 나는 신화와 전설이 지닌 시적 효과를 이용하기는 하되, 신이 직접 극행동에 개입하게 하지는 않았습니다. 이폴리트의 죽음에 개연성을 부여하기 위해 이폴리트가 승마 연습을 게을리 했음을 여러 번 암시하기까지 했지요.

자기 사랑을 비너스의 벌이라고 명명한 것은 페드르 자신입니다. 그것은 체험의 기술이 아니라 그 체험에 대한 인식을 드러내는 진술이며, 그 인식을 내면화하는 방식입니다. 일순간에 육체적 혼란과 감각의 마비를 겪으며 로고스의 세계에서 분리되어 자기 안의 낯선 자아, 자기이면서 자기에게 해가 되는 괴물 같은 자아와 마주하게 된 페드르는, 처음부터 그것을 어머니 파지파에로부터 대물림된 죄와 고통으로 간주합니다. 그때 벌써 그 정념에 초월성을 부여한 것입니다. 그런 까닭에 비너스에게 바치는 제사로 그것을 모면해보려 하는 것이지요. 이어 백방이 무효로 돌아가자 그 사랑은 비너스 자신이 됩니다. "그것은 이제 내 혈관 속에 숨어 있는 격정이 아니야. 그건 온몸으로 먹이에 들러붙은 비너스 자신이야"(1막 3장, 305~306행).

덧붙여, 내 비극이 제시하는 죄는 그녀의 혈관 속에 숨은 불길 자체가 아니라는 점도 말해야 할 것입니다. 1막에서 페드르는 자기 조상인 태양에게 마지막 인사를 하고 죽기 위해 등장합니다. 자살을 결심하는 것부터가 욕망에 대한 제어력을 잃은 이성의 궁여지책입니다만, 결심대로 실행하였다면 죄스러운 욕망을 침묵으로 덮고 수치를 피하는 선에서 선방한 셈이 되었겠지요. 그러나 그녀의 등장은 그 자체로 세상과의 접촉이고, 이 접촉은 숨어 있던 욕망이 밖으로 표출되는 통로가 됩니다. 태양에게 작별을 고하러 나왔던 페드르가 이렇게 말합니다. "나는 왜 숲 그늘에 앉아 있지 못하나?"(1막 3장) 숲은 이폴리트의 공간입니다. 태양의 자손인 페드르가 숲을 갈망합니다. 벌써 이성과 욕망의 싸움이 욕망의 우세로 기울기 시작하는 거지요. 이때부터 비극이 굴러가기 시작합니다. 이폴리트에게 본의 아닌 고백을 하고 난 후, 그의 냉담과 혐오를 보고서도 페드르는 말합니다. "나는 나를 정복한 자의 눈앞에 내 수치를 드러냈어. 그러자 나도 모르게, 희망이 내 가슴속에 스며들었어"(3막 1장, 767~768행). 결코 상황에 부합한다고 볼 수 없는 그 희망은 욕망 자체의 희망입니다. 이제 욕망이 주도권을 잡게 된 거죠. 페드르는 외논에게 이렇게 선언합니다. "내 광기를 도와라……내 이성이 아니라"(3막 1장, 792행). 초자아의 대리인인 테제의 부재 동안 자기 마음의 미궁 저 밑바닥에 가둬놓았던 괴물을 풀어놓고 운명을 시험해보는 과정, 이것이 《페드르》의 내용인 겁니다. 일단 세상을 향해 발설되자 침묵의 고삐에서 풀려난 정념이 얼마나 이성을 무력하게 만들며 주인 노릇을 하는지, 또 그것이 어떻게 인간의 어두운 본성을 노정하는지를 나는 그 과정을 통해 보여주려 하였습니다. 죄스러운 정념을 고백한 것, 그 정념의 요구를 따르기 시작한 것, 비방을 용인한 것, 진실을 밝힐 수 있었을 때 질투 때문에 침묵한 것, 이것이 그 과정에서 정념이 이끄는 경사로를 따라 페드르가 빠져든 죄입니다. 인간적 정황 외에 다른 설명이 필요한 경우도 없고, 페드르의 동의와 선택 없이 이루어진 일도 없습니다. 따라서 죄 없는 자의 죽음으로 귀결된 모든 과정에 대한 책임은 페드르 자신에게 돌아갑니다. 그녀의 혈관에 죄의 불을 지핀 것이 신들이라 할지라도 적어도 연극이 진행되는 동안에 그들은 무대 밖에서 팔짱을 끼고 수수방관하고 있었을 뿐인 거지요.

페드르가 명예라도 구하기 위해 감행하려던 자살을 속죄를 위해 바치게 되는 것은 외논에게 한 사심 없는 첫 고백에서 비롯되었습니다. 이런 점에서 나는 이 극이 가장 사소한 과오조차 가혹하게 벌 받는 극, 관중을 교화한다는 비극의 참목적에 부합하는 극, 연극의 악영향을 우려하였던 장세니스트들에게도 받아들여질 수 있는 극이라고 했던 것입니다.[109)]

심민화_ 정념의 가공할 위력을 통해 인간성과 인생의 근원적 비참을 드러내며, 살기를 멈추는 것만이 죄를 피하는 방법이었다고 하는 것이니 장세니즘의 비관주의에 그대로 부합하는군요. 하지만 페드르가 자기 정념을 단죄하는 명징한 의식을 가지고도, 원한 바 없는 정념에 사로잡혀 이성의 의지대로 행할 수 없었던 것이라면 당신이 말하는 교화가 어떻게 가능합니까? 페드르가 피할 수 없었던 죄를 우리도 피할 수는 없을 테니 말입니다.

라신_ …….

심민화_ 페드르가 무서운 죄의 수치에도 불구하고 그 죄의 열매는 거둔 적 없는 불운을 아프게 호소할 때(4막 종장, 1229행), 끝내 버리지 못한 그 집착을 내가 인간적인, 진실로 인간적인 것으로 여긴다면, 내 통탄의 화살이 페드르의 사랑이 아니라 그녀의 불운을 만든 인간 조건, 즉 인간 관계에 부과된 질서와 율법, 사랑의 배타성을 향한다면, 오독이 됩니까?

라신_ …….

심민화_ 또한 "도망치는 것을 능사로 아는" 자(3막 1장, 757행)인 이폴리트, "수많은 정부의 변덕스러운 애인으로 지옥 신의 잠자리까지 모욕하러 간"(2막 3장, 637행) 테제, 참말은 듣지 않고 거짓에 넘어가 아들을 희생시키고도 진실 찾기를 피하는 비겁한 테제(5막 종장) 옆에서, "고귀한 수줍음"(2막 5장, 642행)을 지닌 젊은 이폴리트에 대한 페드르의 사련(邪戀)은 왜 그토록 뚜렷한 순수에의 지향으로 빛나며, 자기의 온갖 광태를 기억하는 페드르의 의식은 왜 그토록 가차 없이 정직합니까? 바랄 수 없는 것을 바라는 페드르의 꿈은 착란 중에도 왜 그다지 사무치며, 죄 없이 사랑하는 자들을 질투하는 페드르의 고독은 왜 그다지도 애처롭습니까? 페드르가 테제의 횡설수설을 가로막고 진실을 밝히며 죽어갈 때, 자기 자신을 제물로 바치는 제관처럼 당당한 것은 왜입니까?

라신_ …….

심민화_ 신의 이름으로 단죄한 것을 인간의 이름으로 방면하기 위해서가 아니라면, 금지된 욕망에 당신은 왜 그토록 애절한 시를 부여하였습니까?

라신_ …….

심민화_ 불행한 혈육들의 호명(1막 3장, 250행 이하)에서 마지막 정화 의식까지, 나는 《페드르》를 신이 버린 불우한 자들을 위한 진혼곡으로 읽습니다. 《페드르》를 쓰던 해에 당신은 포르루아얄과 화해했고, 이후 내내 경건한 신앙인으로 살다 갔습니다. 동시에 다시는 비극을 쓰지 않았습니다. 비극 창작은 신앙과 어울릴 수 없었던 것 아닙니까? 지금 당신의 침묵을 극작가로서의 침묵에 대한 설명으로 간주해도 좋을까요?

라신 _ …….

작가 연보

◆

장 라신

Jean-Baptiste Racine

◆

루이 13세의 아버지이며 부르봉 왕조를 연 앙리 4세는, 비록 광신적인 가톨릭교도에게 살해(1610)되긴 했으나, 30년 내란(위그노 전쟁, 1562~1598)으로 찢기고 피폐해진 나라를 수습하여 안정되고 통합된 국가를 아들에게 물려줄 수 있었다. 그렇다고는 해도 어린 나이에 등극한 루이 13세가 리슐리외라는 재상을 만나지 못했다면 17세기 후반, 그러니까 라신 Jean Racine이 활동하게 되는 루이 14세 치하에서 최고조에 달하는 부르봉 왕조의 영광은 없었을 것이다. 중앙집권적 절대 왕정을 통해 위대한 프랑스를 이룩하려 한 이 추기경 출신 재상은 감시와 통제를 수단으로 강력 정치를 펼치는 한편, 문화적 활동의 정치적 힘을 인식하고 적극 활용한 노련한 정치가였다. 자신의 궁전에 극장을 만들 만큼 연극에도 관심이 많았던 그는 막 대중적 문화 산업으로 부상하기 시작한 연극을 '풍속의 학교'로 만들 생각으로, 고대 시학에 기대어 당시 유행하던 바로크적 연극을 비판 · 공격하던 학구적 규칙주의자들을 후원했다. 1635년, 그가 지적 · 예술적 창조력을 왕권에 봉사하게 하고, 정신적 활동의 모든 분야에 국가적 표준을 제공하기 위해 '아카데미 프랑세즈'를 창립하였을 때, 첫 회원으로 선발된 사람들이 바로 이 규칙주의자들이었다. 규칙주의 문사(文士)들에게 내린 이 새로운 공적 지위는, 1620년대 내내 계속된 토론 끝에, 규칙에 의한 통제가 아름다움의 창조에 필수적이라는 이론이 승리하였음을 의미하는 것이었다. 이렇게 후원과 통제를 적절히 구사하는 정치적 관심 속에서, 여전히 대중의 기호를 사로잡고 있던 자유분방한 감수성을 억제하여 규율과 법칙 안에 길들이고, 유혈과 충격을 기법으로 삼던 거친 상연을 우아한 언어의 문학적 연극으로 순치하는 고전주의가 '적어도 이론적으로는' 창작의 규범으로 자리잡는 1630년대에, 정확하게는 1636년에 루이 14세가 태어난다. 절대 왕정의 절정을 구가하며 베르사유 궁전을 건축하여 유럽에서 가장 세련된 궁정 문화를 창출하고, 라신을 위시하여 몰리에르Molière, 륄리Lully, 부알로Boileau 등을 후원하여 고전주의를 활짝 꽃피게 했던 왕, 친히 아폴론의 역할로 발레 극에 등장하여 태양왕이라는 칭호를 얻게 되는 그 왕이다.

라신이 태어난 것은 그로부터 3년 뒤인 1639년이다. 시간적 원근법을 적용해보면 마치 라신의 탄생에 앞서, 왕정과 문화가 협력하여 그의 차후 활동 무대를 정지(整地)하고 있는 듯이 보이지만, 라신의 성장기에는 태양왕 루이와의 만남을 예측할 만한 어떤 조짐도 없었고, 오히려 그 반대였다. 샹파뉴 지방의 소읍 라 페르테밀롱에서 가난한 소금창고 대리인의 아들로 태어난 그는 1641년에 어머니를 잃고, 2년 뒤인 1643년에는 아버지마저 여읜다. 1649년에 그를 맡아 키우던 할아버지까지 세상을 뜨자 할머니는 그를 데리고 딸이 수녀로 있는 포르루아얄데샹 수도원으로 들어갔다.[110] 이때부터 1658년 파리로 올 때까지 라신은 '포르루아얄의 자식' 으로 자라게 된다. 포르루아얄은 장세니즘Jansénisme의 본산지로서 루이 13세와 루이 14세 2대에 걸쳐 왕권의 박해를 받다가 마침내 파괴(1710)되고 마는 수도원이니, 라신은 적수공권의 고아로서 왕의 미움을 받는 집단에 의해 양육되었던 것이다.

1621년 프랑스의 사제 생시랑Saint-Cyran과 루뱅의 신학자 얀센Cornelius Otto Jansen 사이의 편지 교환으로 시작된 장세니즘은 원죄를 실낙원 이후 인간성의 본질로 파악하고, 신과 인간의 완전한 단절을 강조한다. 신과 인간 사이에 넘을 수 없는 심연이 가로놓인 만큼, 인간은 신의 뜻을 따르기는커녕 그것을 알 능력조차 없다. 인간의 의지와 행위, 모든 활동은 원죄로 오염되어 있고, 그 동기와 추진력은 자기애다. 그러니 인간의 활동 중 어느 하나도 죄를 피할 수 없지만, 그중에서도 성직을 이용하여 세속적 영달을 꾀하는 행위가 가장 큰 죄악이다. 가장 죄를 덜 짓는 삶의 형태는 은둔이다. 추기경이 재상인 나라, 많은 성직자가 귀족이요 지주요 정객인 나라에서 이런 반사회적인 관점은 탄압을 자초하는 것과 다름 없었다. 더구나 그것이 유명 인물들의 요란하고 과시적인 은둔 실행으로 표면화될 때는 말이다. 르 메트르Antoine Le Maître, 니콜Pierre Nicole, 랑슬로Claude Lancelot 등 당대의 유명인, 유명 학자들은 물의를 일으키며 포르루아얄로 모여들었고, 포르루아얄은 박해의 대상이 되었다.

포르루아얄의 이런 상황은 열 살이 되기 전에 줄초상을 겪은 고아 라신에게 지속적인 불안을 안겨주었겠지만, 다른 한편으로는 대단한 귀족의 자제가 아니면 어려운 최상의 교육을 무상으로 받을 수 있는 기회가 되었다. 장세니즘의 영향 아래 있던 보베의 소학교와 포르루아얄 부속 학교는 은둔 학자들로 이루어진 당대 최고의 교사진을 두고 있었다. 여기서 라신은 라틴어와 그리스어를 습득하고 최고의 고전 교육을 받았다. 1656년 포르루아얄의 지도자였던 앙투안 아르노Antoine Arnauld가 소르본에서 축출되면서 재개된 박해로 포르루아얄 학교가 폐쇄되고 은둔 인사들이 수도원을 떠나자, 갈 곳 없는 고아 라신만이 유일한 학생으로 남아 플루타르코스를 주해하게 된다. 이때, 엄격한 반(反)인간주의적 스승들의 감시에서 벗어난 라신은 헬레니즘에 깊이 경도되는 한편, 자신의 시적 능력을 발견하고 주변의 감각적 세계가 베푸는 행복을 아무 가책 없이 찬미하는 시 〈풍경 또는 포르루아얄의 산책Le Paysage ou les promenades de Port-Royal-des-Champs〉을 쓴다. 또 세속의 삶에 대한 호기심과 거기에 참여하여 인정받고 싶은 조바심이 넘치는 편지를 사촌에게 보내기도 한다. 포르루아얄의 교육은 이처럼 모순적 결과를 낳아, 라신에게서 인간사에 대한 열렬한 관심과 시적 재능에 대한 자부심 그리고 세속적 성공에 대한 야망을 일깨워놓았던 것이다. 뿐만 아니라 장세니스트 인간학은 인간 내면의 모순에 관한 통찰력을 심어주었고, 포르루아얄의 체험은 이념의 충돌로 깨어지고 갈등하는 세계의 모습을 보게 해주었다. 연극을 사악한 오락으로 여기는 장세니스트 집단 안에서 라신은 극작가가 되기 위해 필요한 수업을 착실히 받고 있었던 것이다.

1658년 철학 공부를 위해 파리의 아르쿠르 학교로 왔을 때 라신은 이미 '포르루아얄의 자식'이 아니었다. 그는 철학 공부에 매진하기보다는 라 퐁텐Jean de La Fontaine 등의 작가들과 어울려 다니다가, 1660년에는 루이 14세의 결혼을 축하하는 시 〈센 강의 님프La nymphe de la Seine〉를 써서 왕으로부터 100루이의 은전을 받는다. 또 상연되지는 못했지만 첫 비극 《아스마지*Asmasie*》를 가지고 마레 극장을 두드리거나, 사제직을 얻기 위해 남프랑스의 위제스까지 내려가는 등 그는 세속 세계로 난 여러 통로를 모색하면서, 포르루아얄 가족을 분개하게 만들었다.

1664년은 수확의 시기였다. 몰리에르의 호의로, 테베의 왕권을 놓고 다투는 오이디푸스 왕의 두 아들 이야기를 다룬 《테바이드*La Thébaïde ou les frères ennemis*》가 상연되었고, 라신은 600리브르의 연금을 타게 되었다. 공연의 성과는 대단치 않았지만 라신은 자신감을 얻었고, 이 자신감은 감사를 요구할 권리가 있는 사람들에 대한 가혹한 배신으로 나타난다. 1665년 그는 몰리에르 극단에게 《알렉상드르*Alexandre*》를 상연하게 해놓고는, 삼회 상연 이후에 작품을 빼돌려 부르고뉴 극단으로 하여금 왕을 초대한 아르마냐크 공작 부인의 집에서 공연하게 했다. 애인이 된 몰리에르 극단의 간판 여배우 뒤파르크Du Parc까지 데리고 비극 상연으로 이름난 부르고뉴 극단으로 가버림으로써, 극작가의 길을 열어준 몰리에르에게 등을 돌린 것이다. 1666년에는 포르루아얄의 은사 니콜이 익명으로 발표한 〈가공의 이단에 대한 편지〉에서 극작가를 '공중의 정신을 중독시키는 자'로 비난한 것을 빌미 삼아 장세니스트들을 무자비하게 조롱하고 공격하는 공개서한을 발표하여 포르루아얄과 단교한다. 자신의 야망을 가로막거나, 이미 베푼 은혜의 대가로 더 나은 미래를 포기하게 할 수도 있는 대상을 가차 없이 떼어버리는 '잔인한' 라신의 진면목을 보여준 것이다.

그러나 그는 또 매우 적응력이 뛰어난 '능란한'[111] 사람이었고, 무엇보다 뛰어난 시인이었다. 1667년에 상연되어 공전의 성공을 거둔 《앙드로마크*Andromaque*》는 초심자의 미숙함이 드러나는 《테바이드》나 선배 작가 코르네유풍이 남아 있는 《알렉상드르》와는 달리 라신의 독창적 면모를 보여주는 작품이었다. 이른바 '의지의 비극'이라고 불리는 코르네유의 작품에 대비하여 '정념의 비극'이라고 불리는 라신 비극의 특징들이 이 작품에서부터 뚜렷이 드러난다. 코르네유가 딜레마를 극복하고 갈채받는 영웅을 통해 '자기 제어'와 '자유 의지'의 힘을 보여주었다면, 라신은 선택의 기로에서 의지의 명령을 실현하지 못하는 나약한 인간을 통해 '의지의 조건', 또는 차라리 '의지를 무화하는 조건'을 탐구한다. 해소할 수 없는 갈등 상황과 인물 스스로 제어할 수 없는 내적 명령 사이의 긴장이 이 조건을 형성하면서 극을 이끌어간다. 인물들을 지배하는 내적 명령이 주로 사랑이라는 정념이기에 코르네유를 비롯한 라신의 적들은 그를 '달콤한' 라신으로 불렀지만, 해소될 수 없는 갈등 상황에 끼어 박힌 정념은 달콤하기는커녕 폭력적이라고 할 만큼 격렬하다. 출구 없는 상황에서 펼쳐지는 정념의 파괴적 힘을 분석하는 그의 극에서 서사의 구성 요소는 사건들의 전개 자체라기보다는 한 꺼풀씩 벗겨지는 영혼의 두께와 깊이다. 그런 까닭에 일견 편협해 보이는 고전 극작법의 여러 규칙들이 그의 극에서는 제약이 아니라 원리가 된다. 정념 자체의 절대성과 그 파괴적 메커니즘이 파국을 만들어내는 비극, 여기서 '장엄한 슬픔'[112]의 원천인 숙명성이 유래한다. 인간은 정념의 노예이고, 그에게는 스스로를 구할 힘이 없다……. 결국 라신은 자신이 배반한 포르루아얄의 인간관, 세계관을 극화함으로써 세속적인 성공을 얻은 것이다. 그리고 이 성공의 배후에는 반역을 꾀했다가 실패하고(프롱드의 난, 1648~1652) 더 이상 코르네유적 영웅주의를 믿을 수 없게 된 집단, 절대 왕정의 상황을 비관주의적 세계관으로 감내하고 있는 정치적 실권(失權)층이 유포한 감수성의 변화가 있다.

《앙드로마크》의 성공 이후 라신은 희극《소송광*Les Plaideurs*》(1668)과 비극《브리타니퀴스》(1669),《베레니스》(1670),《바자제》(1672),《미트리다트*Mithridate*》(1673),《이피제니》(1674)를 잇따라 성공시키는 가운데, 오랜 침묵 끝에 재등장한 코르네유와 같은 소재를 가지고 경합하여 이기기도 하면서(《베레니스》, 1670)[113] 명실공히 최고의 작가로 군림하게 된다. 사회적 지위도 상승하여 1673년에는 아카데미 회원에 선출되고, 1674년에는 왕으로부터 물랭의 도 재정관 관직도 얻게 된다.

같은 시대의 후배 작가 라 브뤼예르Jean de La Bruyère는 라신 작품들을 '한결같다' 고 평가하였다. 미학적 완성도를 두고 한 말이지만, 상황과 인물 구조, 주제에 대해서도 같은 말을 할 수 있을 것이다. 그의 작품에서 발견하는 것은 다양성이 아니라 동일성이다. 그러나 변화 또한 간과할 수 없다.《바자제》 이후 나타나는 죄의식이 그 변화의 지표다. 이전 작품들이 행복이 불가능한 상황과 무죄한 희생자들을 그리고 있다면,《바자제》 이후에는 아버지 또는 권력자의 부재 상황이 야기한 혼란과, 생존과 행복을 위해 저지른 기만과 술책, 그리고 그에 따른 죄의식과 실낙원 의식이 등장하기 시작하는 것이다.

이것은 라신의 심경의 변화와 평행하는 것이 아니었을까? 아무튼 사회적 성취 뒤에, 포르루아얄에 대한 죄의식과 더불어, 그의 사생아라고 추측되는 딸을 낳고 일곱 달 후에 죽은

(1668) 여배우 뒤 파르크와의 관계,[114] 또 다른 여배우 샹멜레 Champmeslé와의 관계(1669~1677) 등, 라신 자신이 나중에 표현한 바에 따르면 "비참과 방황"[115]의 십오 년에 대한 회한이 밀려들었을 것을 짐작하기란 어렵지 않다.

1677년은 최고의 걸작 《페드르》를 상연하고, 왕의 편사관 자리에 오르며, 포르루아얄과 화해하고, 카트린 드 로마네 Catherine de Romanet와 결혼함으로써 이 투쟁의 세월, 비참과 방황의 세월을 마무리한 해였다. 더 이상 극작을 하지 않게 됨으로써 마무리된 것이 아쉽긴 하지만 말이다.

이후 라신은 희곡으로서는 왕과 비밀 결혼을 했던 맹트농 Maintenon 부인의 청으로 《에스테르*Esther*》와 《아탈리*Athalie*》를 집필했을 뿐이다. 구약의 소재를 다루고 있는 이 극들은 맹트농 부인이 가난한 귀족 처녀들을 교육하기 위해 세운 생시르 학교에서, 그곳 학생들에 의해 상연되었다. 작품집은 1672년, 1676년, 1697년에 출간되었고, 1697년에는 《포르루아얄의 역사》의 초고가 완성되었다. 편사관으로서 작성한 문헌은 화재로 소실되었다.

끝까지 세속의 삶을 버리지 않았던 라신은 포르루아얄과의 화해를 궁정에 숨기지 않을 수 없었다. 1698년에는 장세니스트라는 공격을 받아 왕의 총애를 잃자, 맹트농 부인에게 포르루아얄과의 관계를 부정하는 탄원의 편지까지 썼다는 설이 있지만, 어쨌든 라신은 그답게 열렬한 신앙심을 지니고 1699년 굴곡 많았던 생애를 마치게 된다. 고아가 되었기 때문에 당대 최고의 교육을 받고, 반사회적 집단에서 사회적 성공을 위한 자질을 키웠으며, 왕의 후원을 받으면서 왕의 미움을 받는 집단의 세계관을 형상화하고, 절대 왕정의 화사한 표면 아래 널리 번져 있던 비관주의에 호소하여 얻은 성공으로 아카데미 회원과 궁정인이 되고, 불타 없어질 사료를 쓰기 위해 자신을 불멸케 할 극작을 떠나야 했던 생애, 역설로 가득 찬 생애, 조화로울 수 없었던 두 세계 사이에서 마지막 순간까지 자신의 전부를 드러낼 수 없었던 긴장된 생애였다.

| 주 |

1) 세지 백작Conte de Cézy은 1619년부터 1641년까지 콘스탄티노플의 대사를 지냈다. 그는 1635년 9월 7일자 편지에서 다음과 같이 쓰고 있다. "(터키의 황제) 뮈라 4세Murat IV는 콘스탄티노플이 에리방 점령을 경축하고 있을 때 바자제와 솔리만(뮈라 황제의 형제들)을 죽이라고 명령했다." 역사적 사실은 이것뿐이고 나머지 내용은 라신의 창작이다.
2) 낭투예Nantouillet는 라신의 친구였던 기사다.
3) 1670년에 프랑스어 판으로 번역된 폴 리코Paul Lycaut의 《오토만 제국 신견문록*The History of the present state of the Ottoman Empire*》.
4) 세지에 이어 1671년까지 콘스탄티노플 대사로 주재했다.
5) janissaires. 터키 황제의 근위보병으로 로마의 친위대와 비슷한 조직.
6) 사실은 1635년의 에리방 공략을 말한다.
7) 이 황후는 아뮈라의 어머니로서 바자제의 의붓어머니인데, 라신은 아뮈라의 총애를 받는 황후으로 바꾸어놓았다.
8) 타키투스Tacitus의 《연대기 1*Annals* 1》에서.
9) 라신은 여기서 궁궐이라고 쓰고 있지만, 사실은 내궁(內宮)이라고 해야 정확할 것이다. 이에 대해서는 주 13 참조.
10) Passion. 사랑, 질투 등에서부터 돈에 대한 집착에 이르기까지 인간의 마음속에 있는 모든 욕망과 충동. 고전주의는 영혼의 비밀인 이것의 탐구를 과제로 삼았다.
11) 이 점에 대해서는 이론의 여지가 있다. 극단적인 것은 오히려 여주인공들이고 그는 두 여인의 요구 사이에서 말과 행동을 빼앗겨버린 가장 유약한 인물로 나타나기 때문이다. 5막 6장의 아탈리드의 대사 참조. "너무도 정이 많아 유약한 마음을 한 번만 더 용서해주십시오."
12) 오토만Ottoman은 15세기 초에 터키 왕조를 세운 오트만Othman 태수의 후손 일파를 의미한다.

13) 라신은 여자들만이 살게 되어 있는 내궁 하렘harem과, 궁궐 전체를 일컫는 세라유sérail를 구분하지 않고 쓴다.

14) 콘스탄티노플. 라신은 시에 걸맞은 발음을 가진 옛 지명을 사용하고 있다. 비잔티움이 우리에게 익숙한 이름이지만, 라신이 프랑스식 명칭의 시적 울림을 이용하고 있으므로 그대로 쓴다. 다음에 나오는 바빌론 역시 바그다드의 옛 명칭이다.

15) 왹생Euxin은 흑해의 옛 명칭이다.

16) '도움은 신으로부터' 라는 명구가 새겨진 깃발로, 국가적 위기가 있을 때 쓴다.

17) 이 비극의 모든 단계가 이런 짤막한 대사의 반복으로 시작되는 것에 주목할 것. 334, 568, 584, 904, 941, 1173, 1711, 1729행 참조.

18) 라신은 뒤 베르디에Du Verdier의 《터키 약사*l'Abrégé de l'histoire des Turcs*》(1665)에서 영감을 받았을 것이다. 뒤 베르디에는 '위대한 솔리만' (1520~1566)과 록슬란의 결혼에 대해 이렇게 쓰고 있다. "이 결혼은 일반적으로 놀라움을 불러일으켰다. 왜냐하면 오토만들은 후궁만 두고 아내를 갖지 않는 관습이 있었기 때문인데, 이는 타멜란이 바자제의 아내를 욕보인 것과 같은 수치를 피하기 위해서다." 록산이 언급하고 있는 바자제는 1489년에 술탄이 된 바자제 1세다. 그가 몽골의 앙카라 평원의 전투(1502)에서 타멜란에게 패하자, 그의 아내는 포로로 끌려가 곤욕을 치러야 했다.

19) 주 18 참조.

20) 솔리만은 록슬란의 비위를 맞추기 위해 맏아들 무스타파를 목 졸라 죽였는데, 라신이 이 잔혹한 사건을 완화해 인용한 것이다.

21) 오스만은 1623년 러시아 태생의 차체스키에게 합법적 아내의 칭호를 주었다는 이유로 근위보병들에게 암살되었다. 그의 후계자가 바로 바자제에게 그토록 두려운 존재인 아뮈라다.

22) 록산과 아탈리드가 그사이에 만났다는 것은 2막 5장의 아코마와 아탈리드의 대사에 암시되어 있다.

23) 사실 아코마의 보고는 완전히 잘못된 것이다. 3막 4장에서 바자제는 자신은 거의 말을 하지 않았다고 말한다.

24) 아코마의 대사 중의 표현 "웅변적인 시선"(887행)이 아탈리드에게 가한 충격을 드러내는 구절로, 아탈리드는 여기서 아코마의 비유적 어휘를 실제적인 것으로 과상하고 있다.

25) 록산과 바자제의 화해 광경에 대해 아코마가 전한 이야기.

26) 1697년 판에는 1301행부터 1304행까지가 삭제되었다.

27) 이 구절은 로마의 시인 베르길리우스Vergilius의 서사시 《아이네이스 *Aeneis*》에 나오는 디도의 대사와 상당히 흡사하다. "불행한 디도여, 그의 불충한 행위가 이제야 사무치느냐? 네가 그에게 왕좌를 주었을 때 그랬어야 했는데."

28) 아탈리드에게 보낸 편지를 말한다.

29) 죽음의 순간에도 서로 만날 수 없게.

30) 마호메트의 군기. 주 16 참조.

31) 아뮈라(뮈라) 4세 하에서만 아홉 명의 재상 중 일곱이 죽임을 당하거나 면직되었다.

32) 아뮈라.

33) 1676~1697년 판 : 그 여자가 벙어리들의 손에 죽는 걸 보러 오너라.

34) 1676~1697년 판 : 마마께 나를 바치라고 간청했소.

35) 1676~1697년 판에는 1561~1564행이 빠져 있다.

36) 바자제를 일컫는다.

37) 바자제를 죽이는 죄.

38) 1676~1697년 판 : 폐하의 존엄한 서명을 알아보라, 역적들아, 이 신성한 황궁에서 나가라.

39) 1676~1697년 판 :

오스맹

모르셨습니까?

아탈리드

오 하늘이여!

오스맹

그 미쳐버린 애인이

여기서 가까운 곳에서, 나리, 당신의 도움을 우려하여

그분의 목숨을 운명의 끈에 맡겨버렸습니다.

40) 1677년 첫 출판 때부터 붙어 있던 서문이다.

41) 라신은 에우리피데스Euripides에게서 영감을 받아 그리스극 《앙드로마크*Andromaque*》(1667)와 《이피제니*Iphigénie*》(1674)를 썼다. 그의 데뷔작인 《테바이드*La Thébaïde ou les frères ennemis*》(1664)의 구상도 에우리피데스에게서 얻었다.

42) 실제로 외논의 무고는 3막 4장에서 벌어지는 일이고, 페드르가 이폴리트를 변호하기 위해 등장하는 것은 4막 4장으로 이 둘 사이에는 온전히 하나의 막이 가로놓여 있다.

43) "나의 몸은 이 사람의 폭력을 당했다." 세네카Seneca, 《히폴리토스*Hippolytos*》, 889행.

44) 어떤 고대인인지는 분명치 않다. 오히려 16세기의 이탈리아인들, 예를 들어 《아리스토텔레스의 시학에 관한 주해*Commentaires sur la Poétique d'Aristote*》를 쓴 베토리Vettori 같은 인물을 염두에 두고 쓴 것이 아닐까 추측된다.

45) 《아이네이스》, 7권, 761~762행.

46) 플루타르코스Plutarchos, 《영웅전*Bioi parallēloi*》, 테세우스 전 31장.

47) 여기서 라신은, 극작가에 대해 "공중의 정신을 중독시키는 자"라고 말한 장세니스트 철학자 니콜Pierre Nicole의 말에 응수하고 있다. 니콜은 1675년 출판된 《도덕론*Essaies de Morales*》 제3권에 연극의 부도덕성을 논한 자신의 〈연극론Traité de la Comédie〉을 재수록했다. 그는 1666년에도 〈가공의 이단에 대한 편지Lettres sur l'Hérésie Imaginaire〉를 통해 연극을 비난한 바 있다. 라신은 이에 대해 통렬한 반론을 제기

하면서 장세니스트 집단과 단교하게 된다. 하지만 라신은 《페드르》를 발표하고 장세니스트들과 화해하면서 점차 사랑을 묘사할 때 연극이 해로운 모델이 될 수도 있다는 견해로 기울었다. 서문의 말미에 해당하는 이 부분은 장세니스트들과 화해를 도모하고 있던 라신이 그들을 의식하여 덧붙인 부분이라는 견해도 있다.

48) 장세니스트들. 주 47 참조.

49) 그리스 신화의 테세우스.

50) 그리스 신화의 파이드라.

51) 그리스 신화의 히폴리토스.

52) 트로이젠.

53) 아케론 강. 고대 그리스 국가인 에피르(에페로우스)의 아케루시아 늪지로 사라지는 강으로, 고대 그리스인들은 이곳을 망자의 영혼이 하계로 가기 위해 반드시 거쳐야 하는 기착지로 여겼다.

54) 엘리스. 포세이돈의 아들 엘레스가 펠로폰네소스 서쪽에 세운 도시.

55) 펠로폰네소스의 최남단.

56) 이카로스. 크레타의 미궁을 만든 다이달로스의 아들로, 미노스 왕의 명령으로 아버지와 함께 미궁에 갇혔으나, 밀랍 날개로 날아올라 탈출했다. 그러나 아버지의 충고를 무시하고 너무 높이 날다가 태양열에 날개가 녹는 바람에 에게 해에 추락하여 죽었다. 이 때문에 사모스 섬 주위의 바다를 이카로스 바다라고 부르게 되었다.

57) 페드르(파이드라)의 부모. 크레타의 왕 미노스는 크레타를 문명화했고, 정의와 자비로 다스렸으며, 훌륭한 법을 제정했다. 이승에서 입법자였던 그는 하계에서도 죽은 이들의 영혼을 심판하는 심판관의 자리에 앉는다. 그의 아내 파지파에(파시파에)는 미노스가 포세이돈에게 청해 얻은 황소를 사랑해 머리는 소, 몸은 인간인 미노타우로스를 낳았다.

58) 테세우스의 삼촌 팔라스(또는 팔랑트)의 아들 50명을 일컫는다. 테세우스의 아테네 왕위 계승권을 부정해 반란을 일으켰다가 모두 테세우

스에게 제거된다.

59) 이폴리트(히폴리토스)는 테세우스와 아마존의 여왕 앙티오페(안티오페) 사이에서 태어났다.

60) 헤라클레스.

61) 프로크루스테스. 메가라에서 아테네로 가는 길목에서 활동하던 강도로, 지나가는 행인을 침대에 눕힌 뒤 침대보다 작은 사람은 잡아당겨 늘이고, 큰 사람은 발을 잘랐다. 테세우스가 그를 똑같은 방법으로 벌주었다.

62) 케르퀴온. 아르카디아의 장사로, 강제로 씨름을 시켜 사람들을 죽였다.

63) 스케이론. 메가라에서 행인들을 발로 차 바다에 빠트려 죽였다.

64) 코린트에서 지나던 행인을 잡아서 사지를 찢어 죽였다.

65) 페리페테스. 에피도르에서 활약한 거인 강도.

66) 미노타우로스. 주 57 참조.

67) 헬레네. 트로이 전쟁의 구실이 된 그리스의 미녀.

68) 페리보이아. 테세우스에게 버림받고 살라미나의 왕 텔라몬과 결혼했다.

69) 아리아드네. 파이드라의 언니로서, 테세우스가 미궁에서 빠져나올 수 있는 실타래를 만들어주었다. 테세우스는 그녀를 데리고 크레타를 떠났으나, 낙소스 섬에 그녀를 버렸다.

70) 고대 그리스에서는 혼례를 밤에 횃불을 켜고 치렀다.

71) 헤라클레스. 그도 많은 여인들을 유혹했다.

72) 안티오페. 이폴리트의 어머니.

73) 바다의 신 넵튠(넵투누스)은 아테네에 전쟁의 상징인 말을 선물로 주고, 마술(馬術)을 고안해 가르쳐주었다.

74) 여기서 라신은 페드르가 정신적 투쟁을 벌이고 있음을 강조하기 위해서 군사 용어인 'assembler'를 사용했다.

75) 외출하지 않겠다는 결심을 번복하고.

76) 페드르의 어머니 파지파에는 태양신 아폴론의 딸이다.

77) 이폴리트의 장기인 마차 경주가 일으키는 먼지를 말한다. 주 73번 참조.

78) 이폴리트의 어머니 앙티오페는 아마존족으로, 스키티아의 여왕이었다.

79) 페드르는 부계로는 제우스, 모계로는 아폴론의 후손이다.

80) 주 57 참조.

81) 주 69 참조.

82) 테제가 원정을 떠나면서 페드르를 트레젠으로 보낸 것을 말한다. 외논은 페드르의 사랑이 그때 시작된 것으로 여기고 있다.

83) 아이게우스. 테세우스의 아버지.

84) 제물의 배를 갈라 내장의 모양으로 점을 치던 고대의 종교 의식을 암시한다.

85) 페이리토스. 테세우스의 친구로서 하데스의 아내 페르세포네를 납치하러 하계로 가는 길에 테세우스를 동반한다. 테세우스는 헤라클레스의 도움으로 산 자들의 땅으로 나왔으나, 페이리토스는 하계에 갇혀버린다.

86) 코퀴토스 강. 지옥으로 바로 연결되는 큰 강이다.

87) 아리시는 대지의 신 가이아의 아들인 에렉테우스의 자손이다.

88) 에렉테우스.

89) 아버지 테제의 바람기를 말한다.

90) 인간의 출생과 결혼, 죽음을 관장하는 세 자매 신 가운데 하나다.

91) 일설에 따르면 테세우스는 에렉테우스의 자손인 판디온 2세의 양자로, 아테네의 왕위를 물려받았다고 한다. 판디온 2세의 적자는 아리시의 아버지 팔라스다.

92) 이오니아 해와 에게 해.

93) 페드르의 말(914~920행)을 가리킨다.

94) 혈연을 모독한 자는 피를 흘려 죄를 갚는 것이 당연하다.

95) 피테우스. 고대 그리스의 현자들 가운데 한 명으로, 딸 아이트라를 아

이게우스와 결혼시키고 손자 테세우스와 증손자 히폴리토스를 키웠다.

96) 지브롤터 해협으로, 헤라클레스의 항해의 종착지다.

97) 황소를 사랑하여 미노타우로스를 낳은 파지파에의 딸이고.

98) 이폴리트는 테제의 왕좌에서, 아리시는 팔라스의 왕좌에서.

99) 테제는 페드르가 흘리는 눈물을 본 적이 없다. 단지 외논의 말을 들었을 뿐이다.

100) 테라멘의 묘사가 현재형으로 바뀐다. 당시의 광경을 생생하게 눈앞에 떠올리려는 것이다.

101) 여기서 다시 현재 시제를 쓰고 있다.

102) 메데이아. 콜키스의 왕 아이에테스의 딸이자 이아손의 아내. 마술과 독약 제조로 유명했고, 테세우스의 계모였다는 전설도 있다.

103) 《페드르》 서문.

104) 《베레니스*Bérénice*》 서문.

105) 코르네유는 17세기 전반에 《르 시드*Le Cid*》 등으로 왕권에 불만을 품은 구귀족의 지지를 얻었다. 1651년에 상연한 《페르타리트*Pertharite*》의 실패로 극작을 떠났다가, 1658년 《외디프*Oedipe*》로 극작에 복귀했다. 그의 연극을 보고 자란 세대는 그를 옹호하는 그룹을 형성하여 라신을 옹호하는 그룹과 공공연한 경쟁을 벌였다. 그러나 1670년 코르네유의 《티트와 베레니스*Tite et Bérénice*》가 라신의 《베레니스》에 패배한 이래 17세기 후반 제일의 작가 자리를 라신에게 양보하지 않을 수 없었다. 이런 경쟁의 결과 라신과 코르네유는 끊임없이 비교되었지만, 사실 코르네유는 권력욕, 명예 추구 등의 정념의 탐구, 딜레마의 창조, 심리 분석 등을 통해 라신의 길을 닦았다고 할 수 있다.

106) 세지 백작의 편지. 주 1 참조.

107) 모든 인간이 저마다 가지고 태어나는 생명, 행복, 불행 등의 몫을 말한다.

108) 《페드르》 서문.

109) 《페드르》 서문. 장세니즘에 대해서는 작가 연보 261쪽 참조.

110) 라신의 가문과 포르루아얄데샹 수도원의 관계는 1638년의 첫 번째 박해 때 도망 중이던 장세니스트들을 라신 집안이 숨겨줌으로써 시작된다.

111) "무에서 출발한 인물치고 그는 능란하게 궁정의 범절을 익혔다." 스팬하임Spanhaim의 편지(1690 또는 1697?). Raymond Picard, *Corpus Rainianum, Les belles lettres*, 213쪽에서 재인용.

112) 《베레니스》 서문.

113) 주 105 참조.

114) 1679년에 독약 사건으로 체포되어 화형된 라 부아쟁은 라신이 뒤 파르크를 독살한 것으로 진술했다. 그러나 라신은 조사받지 않았다.

115) 1698년 3월 8일의 편지.

옮긴이에 대하여

심민화

서울대학교 불문학과를 졸업하고 같은 대학 대학원에서 석사와 박사 학위를 받았다. 학사 학위논문은 보들레르, 석사는 사르트르, 박사는 라신에 대해 썼다. 이렇게 '헤맨' 것을 보면 알 수 있듯이 한 우물을 파는 집념형 학자는 될 수 없었고, 마음가는 대로 공부해왔다. 대학원에 들어가 문학이 무엇을 할 수 있는가를 생각하면서 사르트르로 관심이 옮아갔고, 그의《문학이란 무엇인가》중 17세기에 관한 견해에 대해 작은 반론을 쓴 것을 계기로 박사 학위논문의 주제를 잡는다. 대학 2학년 때 이휘영 교수의 수업에서 읽은 라신의《페드르》에 대한 기억에 사르트르로부터 자극받은 관심을 적용하여 시작된 공부였기에, 박사 학위논문의 제목은 〈라신 비극의 사회적 의미와 기능〉이었지만, 긴 세월 싫증 내지 않고 논문에 매달릴 수 있었던 것은 언제 읽어도 절절한 라신의 극중인물들의 탄식이 비감에 빠지기 쉬운 기질에 맞았기 때문이 아니었을까.

박사 학위논문 때문에 남들이 라신 전공자로만 보는 것이 답답했던 탓도 있고, 지극히 바라는 것은 행복이면서도 인간을 덫에 갇힌 존재로 묘사하여 참담하고 막막하게 만드는 작가들만 찾아다녔다는 생각에 지난 시간은 '의지의 작가'라는 코르네유를, 그것도 희극을 중점적으로 공부했다. 기운을 북돋을 요량이었건만 문으로 내쫓으니 창문으로 들어오더라고, '코르네유'의 '희극'에서조차 관계의 비극성을 읽고 말았다. 어쨌든 한 시기가 갔으니 그간의 공부를 책으로 내려고 준비하며 행복을 위한 지혜를 배울까 해서 몽테뉴를 오랜 시간 뒤적이다 2022년 완역본《에세》(최권행 공역)세트를 출간했다.

덕성여대에 재직하며 문학을 강의할 수 있었기에 이토록 사적인 독서와 공부를 학생들과 나눌 수 있었다. 큰 행운으로 여긴다.

문학의 세계

바자제·페드르

초판 1쇄 발행 2005년 11월 25일
개정 1판 1쇄 발행 2022년 11월 10일
개정 1판 2쇄 발행 2023년 3월 22일

지은이 장 라신
옮긴이 심민화
펴낸이 김현태
펴낸곳 책세상
등 록 1975년 5월 21일 제2017-000226호
주 소 서울시 마포구 잔다리로 62-1, 3층(04031)
전 화 02-704-1251
팩 스 02-719-1258
이메일 editor@chaeksesang.com
광고·제휴 문의 creator@chaeksesang.com
홈페이지 chaeksesang.com
페이스북 /chaeksesang **트위터** @chaeksesang
인스타그램 @chaeksesang **네이버포스트** bkworldpub

ISBN 979-11-5931-869-6 04800
ISBN 979-11-5931-863-4 (세트)

• 잘못되거나 파손된 책은 구입하신 서점에서 교환해드립니다.
• 책값은 뒤표지에 있습니다.